KB198277

조종자

조종자

정명섭 지음

차 례

새로운 지구

둥근 관측 창 너머로 행성이 보였다. 우주선 온누리호 승객들이 마당 혹은 로비라고 부르는 공간은 우주를 관측할 수 있도록 만든 곳이다. 거대한 지지대 위의 거주 블록은 서서히 돌면서 인공 중력을 만들어 내지만 중력의 세기는 지구보다 턱없이 낮았다. 그래서 이동하려면 바닥이 자석으로 된 신발을 신어야 했다. 특히 거주 블록 가운데 있는 로비는 더욱 중력이 낮았기 때문에 자석 신발을 반드시 신어야만 했다. 하지만 관측 창으로 밖을 볼 수 있어서 다들 틈만 나면 이곳에 왔다. 어차피 승객들은 우주선이 운행하는 동안에 딱히 할 일이 없다. 길이가 14킬로미터나 되는 온누리호의 앞쪽에는 태양열을 받아들여서 가

속하는 금속제 돛 솔라 세일이 펼쳐져 있다. 우주선의 프레임은 티타늄으로 이뤄졌고 우주선 중간에 승객들이 거주하는 구역과 이주 지역에서 쓸 화물이 실려 있었다. 우주선 뒤쪽에는 반중력 엔진 네 개가 거대한 우주선을 목적지로 밀어내는 중이었다.

지구를 떠난 지 4년 만에 드디어 목적지가 보였다. 지구만큼은 아니지만 푸른빛이 감도는 행성을 본 온누리호 승객들이 하나같이 기대에 부푼 눈길로 행성을 바라봤다. 성안나 역시 승객들 사이에서 행성을 바라봤다. 다들 감격했지만 성안나는 크게 기쁘거나 슬프지 않았다. 올해 열일곱 살인 성안나는 우주복과 헬멧을 쓰기 편하게 머리를 짧게 잘랐다. 오동통한 얼굴에 선한 눈매가 온순한 느낌이다. 하지만 성격은 몹시 반항적이었는데 아버지의 죽음과 온누리호를 타기 위해 겪었던 일들 때문이었다. 안나가 물끄러미 목적지를 바라보는데 갑자기 어깨에 손이 올려졌다. 놀란 성안나가 고개를 돌리자 말끔한 얼굴의 히라이 겐지가 보였다. 하얀 피부와 체격에 비해 상대적으로 좁아 보이는 어깨, 살짝 곱슬곱슬한 머리카락 그리고 지치고 나른해 보이는 눈빛은 여러모로 눈에 띄었다. 성안나와 동갑인 그는 친절하고 한국말을 잘해서 한국인 승객들과 가깝게 지냈다. 주변의 눈치를 슬쩍 살피며 히라이 겐지가 물었다.

"목적지에 거의 다 왔는데 별로 기쁘지 않은가 봐."

궁금해서 묻기보다는 그냥 말을 거는 것에 가까웠다. 온누리호 안에서 일본인들은 찬밥 신세라서 다들 말도 건네지 않고, 거의 무시하기 때문이다. 그나마 성안나를 비롯한 청소년들은 얘기를 좀 나누는 편이었다. 히라이 겐지는 영어와 한국어를 어느 정도 할 줄 알아서인지 다른 일본인 승객들보다는 조금 더 자유로웠다. 하지만 성안나는 시도 때도 없이 말을 거는 히라이 겐지를 그다지 좋아하지 않았다. 아빠를 비롯한 친척들과 친구들의 죽음에 일본의 책임이 컸기 때문이다. 성안나의 표정을 살핀 히라이 겐지가 대뜸 서글픈 표정을 지었다.

"미안. 마음을 상하게 했네."

"그런 건 아닌데, 그냥 좀 불편해."

"그렇지."

길게 한숨을 쉰 히라이 겐지가 주변을 돌아봤다. 관측 창 주변에 몰린 승객들은 다양한 국적을 가지고 있었다. 물론 통일 대한민국이 발사한 우주선이었기 때문에 한국 국적을 가진 승객들이 가장 많았다. 삼삼오오 모인 승객들이 웃고 떠드는 와중에 불쾌한 목소리가 들렸다.

"신을 믿으십시오. 그래야 새로운 땅에서 구원을 받을 수 있습니다."

새로운 정착지를 발견하고 기뻐하던 승객들은 일제히 얼굴을 찌푸렸다. 모두를 짜증 나게 한 목소리의 주인공은 자칭 '신의 목소리'라 다들 '소리'라고 줄여서 부르는 사이비 광신도였다. 소리는 모두가 입는 우주복도 입지 않고, 평상복 차림에 무중력을 견디기 위한 자석 신발만 신은 상태였다. 성안나 역시 그의 목소리를 듣자마자 짜증이 났다. 그런데 소리가 성큼성큼 다가와서 성안나 앞에 섰다. 옆으로 피하고 싶었지만 하필 의자와 안전 바가 있어서 피할 수도 없었다. 번들거리는 눈빛에 침이 마른 입술을 한 소리가 코앞까지 다가왔다.

"소녀여! 가련한 소녀여."

"씨발, 누가 가련한데요?"

"너의 눈빛에 슬픔이 깃들어 있는 게 보여. 신을 믿으면 그 슬픔을 지울 수 있어."

"신 같은 건 안 믿는다고 했잖아!"

엄마가 있었다면 당장 달려와서 쫓아냈겠지만 스팀 치료를 받으러 갔는지 보이지 않았다. 성안나가 고래고래 소리를 질렀지만 소리는 전혀 개의치 않았다.

"신을 안 믿은 인간들이 무슨 짓을 저질렀는지 똑똑히

보지 않았느냐! 인간이 신을 버린 죄를 저질러서 삶의 터전인 지구에서 쫓겨났어!"

성안나를 지켜보던 히라이 겐지가 끼어들었다.

"그만 하세요. 아저씨."

"넌 끼어들지 마라! 지옥의 자식 놈아!"

히라이 겐지에게 욕설을 퍼부은 소리가 두 팔을 벌린 채 외쳤다.

"지구를 버려두고 이곳으로 도망쳐 왔다고 인간들이 행복할 자격이 있는 거 같아! 이 악마의 자식들아!"

과격하고 짜증이 났긴 했지만 틀린 얘기는 아니라서 성안나와 소리를 지켜보던 승객들 모두 입을 열지 못했다. 그때 신고를 받은 보안 요원들이 나타났다. 빠른 이동을 위해 자석 바퀴가 달린 롤러 슈즈를 타고 나타난 그들은 소리를 붙잡았다. 붙잡힌 소리는 더욱 발버둥을 쳤다.

"글라디우스 행성에 간다고 모든 게 해결될 줄 알아! 신을 믿지 않으면 인간은 파멸이야! 지구를 그렇게 망쳐 놓고 여기로 도망쳐 온다고 신이 잊어버릴 줄 알아!"

소리의 발광을 지켜보던 승객 중 한 명이 물었다.

"그럼 당신의 신을 믿으면 해결이 됩니까?"

갑자기 발광을 멈춘 소리가 승객을 쏘아봤다.

"아니, 죽음은 피할 수 없어."

"안 믿어도 죽고, 믿어도 죽는다면 뭐 하러 믿어요?"

비아냥거리는 승객의 말에 주변이 크게 웃었다. 그러자 보안 요원에게 붙잡힌 채 끌려가던 소리가 외쳤다.

"인간의 오만함은 심판받아야 마땅하니까! 저곳이 천국일 거 같지? 나는 저기에 뭐가 있는지 알아. 저긴 지옥이야! 지옥이라고!"

미친 듯이 웃던 소리는 결국 보안 요원들에게 끌려갔다. 그 광경을 본 히라이 겐지가 그녀에게 물었다.

"괜찮아?"

성안나는 고개를 끄덕거리며 조그마하게 속삭였다.

"종말 전쟁."

글자 그대로 세상의 모든 걸 파괴한 전쟁이었다.

23세기에 접어들면서 인류는 여러 한계에 부딪혔다. 인구가 백억 명을 돌파한 지 오래지만 자원과 식량이 바닥을 드러내기 시작했다. 성안나를 가르쳤던 초등학교 선생님은 과학의 발전이 그 문제를 해결할 것이라고 낙관했다. 하지만 현실은 예상과는 달랐다. 인류를 구원해 줄 것이라는 초전도체를 비롯한 과학 기술의 발전은 실패로 결론이 나 버렸다. 그러면서 서서히 위기감이 고조되었다. 인류는 핵전쟁을 두려워했지만 식량이 문제였다. 아프리카에서 시작된 식량 위기는 남아메리카로 이어졌다. 하지만 강대국들은 도와 달라는 그들의 목소리를 외면했다. 결국 아프리카와 남아메리카에선 대규모 식량 부족 사태로 식인까지 일어났고, 내전이 빈번하게 벌어졌다. 내전은 결국 국가 간의 전쟁으로 이어졌다. 이념이나 영토 확장이 아닌 오로지 먹고 살기 위한 전쟁이 벌어진 것이다. 그때까지 유럽을 비롯한 강대국들은 그런 상황을 외면했다. 하지만 그들에게도 곧바로 여파가 미치기 시작했다. 대규모 난민들이 발생하는 것은 물론, 강대국들의 경제 역시 문제가 생겼다. 그들의 상품을 만들고 상품과 기술을 사들이던 국가가 혼란에 빠져서 경제 위기가 찾아왔다. 그제야 부랴부랴 문제 해결을 위해 유엔에서 특별위원회가 꾸려졌다. 하지만 달라진 건 아무것도 없었다. 강대국들은 자신의 이익과 기득권을 지키기 위해서 양보하지 않았기 때문이다. 결국 분쟁의 씨앗은 세계 대전으로 이어졌다. 강대국들은 핵무기를 사용했다. 처음에는 신중했지만 시간이 흐르면서 사람들의 공포감과 자포자기로 인해 38일간 핵무기가 169발 발사되었다. 인류는 이 전쟁을 '종말 전쟁'이라고 부르게 되었다.

지구는 완전히 폐허가 되었다. 마지막에는 종말 전쟁에 개입하지 않은 아프리카와 남아메리카는 물론 중립을 유지한 스위스까지 핵무기의 공격을 받았다. 내가 죽는데 상대방이 살아남는 걸 원하지 않았기 때문이다. 핵폭발의 여파로 낙진과 함께 환경 오염이 극심해졌다. 해양은 이미 21세기에 일본이 원전 오염수를 방류하면서 심하게 훼손되었고, 지상 역시 핵무기로 인해 폐허가 되었다. 종말 전쟁으로도 많은 사람이 죽었지만 진정한 지옥은 그 이후에 펼쳐졌다.

종말 전쟁으로 인한 환경 오염과 식량 부족 사태는 대규모 전염병의 창궐과 폭동으로 이어졌다. 특히 '둠스데이'라고 불린 전염병이 치명적이었다. 너무나도 빠르게 전파되어 수많은 목숨을 앗아 갔다. 사람들은 병에 걸려 죽거나 집 안에서 굶어 죽었다. 상황이 이렇게 되고 나서야 비로소 강대국들은 손을 잡았다. 강대국들은 유엔에 인류 생존 위원회가 만들어지고서야 총력을 기울여서 재건 작업에 나섰다. 하지만 일본이 규정을 위반하고 관리하던 특정 병원균이 외부로 전파되는 사건이 벌어졌다. 21세기에 원전 오염수를 주변 국가의 반대에도 불구하고 해양에 방류하면서 바다를 오염시킨 데 이어 두 번째로 사고를 친 것이다. 결국 '도쿄-49'라고 불린 새로운 전염병은 인류의 희망을 꺾어 버렸다.

"아빠도 그때 돌아가셨지."

공무원이었던 성안나의 아빠는 성실하게 일했다. 나중에는 비상 대책부에 소속되었다가 전염병으로 쓰러졌고, 제대로 치료를 받지 못하면서 세상을 떠나고 말았다.

그 전염병에 아빠와 친구들을 잃었던 성안나는 슬픔을 애써 지우며 중얼거렸다.

"그때 마지막 희망이 찾아왔지. 글라디우스."

성안나의 얘기를 들은 히라이 겐지가 관측 창을 통해 보이는 행성을 바라보며 말했다. 인류 생존 위원회가 총력을 기울여 도쿄-49의 치료제를 만들 즈음, 글라디우스 탐사선이 프록시마 b 행성계에서 인간이 살 수 있을 만한 행성을 찾았다. 탐사선의 이름을 붙여서 글라디우스 행성이 된 그곳은 놀랍도록 지구와 조건이 흡사했다. 인류 생존 위원회는 당장 그곳으로의 이주를 준비했다.

서기 2261년, 첫 번째 유인 탐사선 겸 조사선인 파이오니아가 미국 휴스턴에서 발사되었다. 파이오니아가 글라디우스 행성에 도착해서 보낸 영상은 사람들로 하여금 환호성을 지르게 했다. 행성의 대기와 생태 환경이 지구와 놀랍도록 일치해서 인간이 살 수 있을 것처럼 보였기 때문이다. 무엇보다 파이오니아호가 보낸 영상에서는 지구와 놀랍도록 비슷한 풍경이 보였다. 인류 생존 위원회는 진짜 인간이 살 수 있는 행성인지 한 번 더 확인하고 대규모 유인 탐사선을 보낼 계획이었다. 하지만 도쿄-49의 변종인 도쿄-51이 새롭게 퍼지면서 시간이 부족해졌다. 결국 통일 대한민국을 중심으로 해서 대규모 글라디우스 행성 이주 준비에 착수했다. 모든 걸 쏟아붓는 준비 끝에 서기 2269년, 온누리호로 명명된 우주선이 글라디우스 행성으로 향했다. 온누리호는 너무 커서 지상에서부터 발사하지 못하는 바람에 라그랑주 포인트에서 조립했고, 승객들도 라그랑주 포인트까지 우주선을 타고 가야만 했다. 온누리호 외에도 미국의 프론티어호와 유럽 연합의 마그나 카르타호 등이 차례대로 출발했다. 목적지는 프록시마 b 행성계에 있는 글라디우스 행성이었다. 그중 가장 빨리 출발한 온누리호는 4년 만에 목적지인 글라디우스 행성에 거의 도착한 것이다. 숨 막힐 것 같은 긴장감 속에서 지내던 승객들은 목적지가 다가오자 기분이 좋아졌는지 웃음이 많아졌다. 물론, 소리 같은 이상한 사람들 때문에 고통을 받았지만 말이다. 심호흡하는 그녀에게 히라이 겐지가 말했다.

"어떻게 저런 사람이 여길 탄 거지?"

히라이 겐지의 물음에 성안나가 힘없이 대답했다.

"글라디우스 탐사선 제작에 참여했었나 봐. 탐사선에

중요한 데이터를 확인할 수 있는 유일한 기술자라서 탄
거라고 했어."

"근데 왜 저렇게 변한 거지?"

"걸러 내지 못한 거지. 파멸교 신자였다는 걸 말이야."

"파멸교라니."

히라이 겐지가 고개를 절레절레 저었다. 파멸교는 인
류의 파멸은 신의 심판이기 때문에 당연하다고 주장하는
신흥 종교였다. 기존의 종교가 파멸적인 핵전쟁과 기후
위기를 설명하지 못하는 와중에 파멸교는 그것이 당연하
니까 죽음과 멸종을 받아들여야 한다는 새로운 주장을 제
기했다. 정상적이라면 절대로 눈길을 끌지 못했겠지만 전
인류의 89퍼센트가 사망한 상황이고, 나머지도 질병과
굶주림으로 인해 서서히 사라져 가는 상황에서는 얘기가
달랐다. 파멸교는 한술 더 떠서 인류의 멸종을 당기는 행
동에 나섰다. 알고 보니 도쿄-49 바이러스가 유출된 것도
파멸교의 일본인 신도들 짓이었다. 통일 대한민국을 비롯
한 각국 정부는 파멸교를 금지하고 신도들을 처벌했지만
숫자는 줄지 않았다. 완벽하게 정체를 숨기고 활동했고,
동조자들이 은근히 많았기 때문이다. 심지어 글라디우스
행성으로 가는 이주민들 사이에도 미친 '소리'의 동조자
가 있었으니. 분명 파멸교를 믿는 사람이 더 있을 것 같다

는 게 모두의 생각이었다. 히라이 겐지 역시 같은 생각이었는지 조심스럽게 입을 열었다.

"저 사람은 왜 자유롭게 놔두는 거래? 혹시?"

"승객들은 처벌할 수 없는 게 규칙이래. 기껏해야 며칠 감금하는 게 고작인데 나와서 계속 저러잖아."

"모두에게 불편한 규칙이면 손을 봐야지. 참."

히라이 겐지가 나지막하게 투덜거리는데 멀리서 스팀 치료를 마치고 온 엄마의 모습이 보였다. 헐레벌떡 달려온 엄마는 다짜고짜 히라이 겐지를 떠밀었다.

"우리 딸한테서 떨어져."

당황한 성안나가 엄마에게 말했다.

"왜 그래? 소리한테 붙잡힌 걸 도와줬단 말이야."

"내가 일본 사람이랑 얘기하지 말랬지! 넌 왜 자꾸 말을 안 들어!"

성난 엄마의 외침에 성안나가 목소리를 높였다.

"그럼 엄마가 옆에 붙어 있던가! 필요할 때는 없다가 왜 이러는데?"

"너 자꾸 반항할래? 네가 누구 때문에 여기 탔는데!"

"누가 태워 달랬어!"

엄마의 짜증과 잔소리에 지친 성안나가 악에 바쳐서 소리를 질러 댔다. 지켜보던 히라이 겐지가 미안하다는 말을 되뇌면서 돌아갔다.

온누리호가 글라디우스 행성으로 가는 것이 결정되면서 누가 타는지가 초미의 관심사가 되었다. 일부는 필요한 기술자들이 타고, 나머지는 복권처럼 추첨으로 뽑았다. 엄마는 아빠의 보험금을 포함한 전 재산을 털어서 탑승자를 뽑는 복권을 샀고, 결국 뽑혔다. 온누리호에는 한국인들이 가장 많았지만 외국인들도 일부 탑승했고, 적은 숫자였지만 일본인들도 탑승이 허용되었다. 그들 때문에 큰 피해를 본 사람들이 반대했지만 온누리호의 제작에 일본 정부가 전폭적으로 협조를 하면서 결국 태우게 되었다. 물론 타자마자 다른 나라 사람들에게 따돌림과 무시를 당했지만 말이다. 지옥이 되어 버린 지구를 떠날 수 있게 되었다는 사실에 성안나는 정말 기쁘면서도 슬펐다. 우주 적응 훈련을 하면서도 내내 전염병으로 죽은 아빠를 떠올렸다.

지난 시간을 떠올리다 결국 성안나는 눈물을 글썽였다. 딸의 눈물에 엄마도 결국 눈물을 흘렸다. 그때 안내 방송이 나왔다.

"온누리호 지휘 통제실에서 알려드립니다. 목적지인 프록시마 b 행성계의 글라디우스 행성에 접근 중입니다.

현재 체크 포인트 찰리에 접근 중입니다. 글라디우스 행성 대기권에 진입하기 전에 안전 점검을 실시할 예정입니다. 승객 여러분들의 협조를 부탁드립니다."

안내 방송이 끝나기도 전에 승객들의 환호성이 울려 퍼졌다. 성안나 역시 조금 전까지 싸운 엄마와 얼싸안았다. 바로 그 순간, 승객들 모두 휘청거릴 만한 충격이 느껴졌다. 대부분은 쓰러졌고, 몇 명은 충격에 못 이겨 자석 신발이 벗겨지면서 허공에 두둥실 떠올랐다. 성안나의 팔을 잡은 엄마가 두리번거리며 중얼거렸다.

"무슨 일이지?"

"몰라. 왜 이러지?"

다들 웅성거리는 가운데 스피커에서 다급한 목소리가 들렸다.

"지휘 통제실에서 알려드립니다. 원인 불명의 이유로 우주선이 큰 충격을 받았습니다. 현재 엔진 계통에 문제가 생겨서 승객 여러분들은 탈출 캡슐로 긴급히 이동해 주시기를 바랍니다. 다시 말씀드립니다. 지정된 탈출 캡슐에 신속히 탑승해 주시기를 바랍니다."

비상 탈출

승객들이 비명을 지르며 뛰었다. 무거운 자석 신발을 신고 뛰기가 정말 어려웠지만 아무도 걷는 사람은 없었다. 탈출 캡슐은 관측 창이 있는 로비와 연결된 통로 끝에 있었다. 비상 상황을 알리는 붉은색 등이 점멸되는 가운데 다시 충격이 느껴졌다. 아까보다 훨씬 큰 충격이어서 성안나도 균형을 잃고 넘어졌다. 자석 신발이 충격을 받고 벗겨지면서 그녀의 몸이 복도 공중에 떴다. 그러면서 안나는 다른 승객들과 부딪히면서 정신없이 이리저리 튕겨 나갔다.

"엄마!"

팽이처럼 빙빙 돌던 그녀의 팔을 붙잡은 건 엄마였다.

겨우 바닥에 내려선 성안나에게 엄마가 말했다.

"내 신발 신고 얼른 가!"

"그럼 엄마는?"

"내 걱정 말고. 얼른."

"안 돼!"

성안나는 싫다고 몸부림을 쳤지만 엄마는 다리를 잡고 자신의 자석 신발을 끼웠다. 그러자 성안나는 다시 바닥에 붙었지만 엄마의 몸이 떠올랐다.

"엄마!"

성안나는 떠오르는 엄마의 팔을 붙잡았지만 역부족이었다. 엄마는 웃으면서 성안나의 팔을 떠밀었다.

"어서 가. 글라디우스 행성에서 만나자."

계속 달려오는 승객들 때문에 성안나는 엄마와 멀어졌다. 얼른 가라며 손을 흔드는 엄마를 보면서 떠밀려 가던 성안나는 어떻게든 돌아가려고 했지만 소용없었다. 미친 듯이 울부짖던 성안나를 누군가 붙잡았다.

"안나야! 정신 차려!"

목소리의 주인공은 절친하게 지냈던 안젤라였다. 미국인 아빠와 한국인 엄마 사이에서 태어난 안젤라는 밝은 금발 머리에 푸른 눈을 가졌다. 성안나와 동갑인 데다가 한국말이 무척 능숙해서 만나자마자 친해졌다. 성격이 차분하고 나긋나긋해 모두의 사랑을 받았다. 안나도 역시 친하게 지냈다. 양 갈래로 땋은 금발 머리의 안젤라는 처음부터 보고 있었는지 성안나를 다독거렸다.

"어서 가자. 늦으면 탈출 캡슐에 못 타."

"엄마가 저기 있어."

"널 위해 희생한 거잖아. 너까지 못 타면 어떡하려고?"

그 말에 성안나는 정신을 차렸다. 안젤라의 팔을 잡고 서둘러 발걸음을 옮겼다. 통로 끝에 탈출 캡슐들이 있는 공간이 나왔다. 각각의 숫자가 적혀 있고, 누가 탑승할지도 이미 정해진 상태였다. 안젤라는 성안나의 팔을 잡고 23번 탈출 캡슐로 가서 위쪽에 있는 홍채 인식 장치에 눈을 갖다 댔다. 삑 하는 소리와 함께 탈출 캡슐의 문이 열렸다. 성안나도 안젤라처럼 홍채 인식 장치에 눈을 갖다 대고 안으로 들어갔다. 원형의 탈출 캡슐 양쪽에는 좌석이 있었다. 자리가 지정이 되어 있어서 둘은 제일 안쪽으로 들어가서 자리를 잡았다. 둘이 자리에 앉자 안전 바가 내려오면서 몸을 고정했다. 그리고 위쪽에서 헬멧이 내려왔다. 헬멧을 쓰자 안쪽 스피커에서 차가운 기계음으로 된 목소리가 들렸다.

"23번 탈출 캡슐 엔진 활성화 완료. 현재 탑승률 56퍼센트. 2분 후에 탈출합니다. 승객들은 안전장치를 점검해 주시기를 바랍니다."

둘은 미리 교육받은 대로 안전 바와 결속 장치들을 살펴봤다. 그 사이에 승객들이 들어와서 자리를 잡았다. 2분이 지나고 탈출 캡슐의 문이 잠겼다. 원래는 백 명 정도가 탑승하는데 빈자리가 듬성듬성 보였다. 문이 닫히고, 헬멧 안의 스피커에서 목소리가 들렸다.

"현재 탑승률 71퍼센트. 탈출 캡슐 출발 준비 완료. 엔진 가동. 승객들은 충격에 대비해 주십시오. 반복합니다. 충격에 대비해 주십시오."

큰 진동과 함께 탈출 캡슐이 온누리호에서 멀어졌다. 앞부분에 있는 관측 창에 글라디우스 행성이 보였다.

"목적지는 글라디우스 행성입니다. 대기권 돌파가 예정되어 있으니 착용하는 우주복의 온도를 최대한 내려 주시기를 바랍니다."

성안나는 안젤라와 함께 우주복의 온도를 최대한 낮췄다. 우주복 안에 냉매가 채워지는 느낌이 들면서 추위가 엄습해 왔다. 성안나는 안젤라에게 말했다.

"엄청 추워."

"나도. 그래도 꾹 참아."

성안나와 안젤라가 얘기를 나누는 와중에 입구 쪽에 앉은 누군가가 살려 달라며 비명을 질렀다. 급기야 앉아 있던 의자의 안전 바를 밀어 올리려고 했다. 그러자 옆자리에 앉은 승객이 못 하게 말렸다.

"야! 강도준! 진정해!"

"싫어! 나갈래. 나가고 싶어."

"어딜 나간다고 그래!"

"나갈 거야! 붙잡지 마!"

둘이 옥신각신하는 와중에 헬멧 스피커에서 기계음이 들렸다.

"글라디우스 행성 대기권에 진입 중입니다. 착륙 39분 전, 충격에 대비하십시오. 충격에 대비하시기를 바랍니다."

삑삑거리는 경고음은 더 커졌고, 탈출 캡슐의 내부 온도 역시 서서히 높아져 갔다. 관측 창으로 보이는 글라디우스 행성은 더더욱 크게 보였다. 곧 녹색 지표면이 관측 창을 꽉 채웠다. 가속도가 붙은 탈출 캡슐이 엄청난 속도로 낙하하자 성안나가 안젤라에게 말했다.

"이러다가 그냥 땅에 충돌하는 거 아니야?"

"착륙 장치가 나올 거야. 걱정하지 마."

안젤라의 말이 끝나기가 무섭게 착륙 1단계라는 기계음이 울려 퍼졌다.

"그리드 핀 작동."

탈출 캡슐 외부에 달린 격자형 착륙 장치인 그리드 핀이 서서히 펴졌다. 그러면서 하강 속도가 천천히 줄어들었다. 내부 온도도 서서히 낮아지자 안젤라가 성안나를 다독거렸다.

"봐! 착륙하려고 속도를 줄이고 있잖아."

"그러네."

안젤라의 말에 다소 안심이 된 성안나는 관측 창을 통해 목적지인 글라디우스 행성을 내려다봤다. 그런데 주황빛이 관측 창을 스치고 지나가는 게 보였다. 너무 순식간이고 짧은 순간이었지만 강렬한 빛이라 성안나는 잠깐 얼어붙었다. 그 모습을 본 안젤라가 물었다.

"왜 그래?"

"이상한 빛이 보였어. 넌 못 봤니?"

"무슨 빛? 못 봤어."

안젤라의 얘기에 승객 중 누군가가 자기도 빛을 봤다고 소리쳤다. 정신없는 와중에 헬멧 스피커에서 목소리가 들렸다.

"대기권 진입 완료! 착륙용 낙하산을 펼칩니다."

낙하산이 펼쳐지는 소리와 함께 큰 충격이 느껴졌다. 안전 바가 어깨를 짓누르면서 성안나와 안젤라가 동시에 비명을 질렀다.

"아악!"

충격이 사라지자 탈출 캡슐의 속도가 더욱 늦어졌다. 성안나는 간신히 고개를 옆으로 돌려서 관측 창을 바라봤다. 지상은 예전 지구처럼 푸르렀다. 지구와 놀랍도록 유사해서 그런지 마치 지구에 있는 느낌을 받았다.

"지구 같아."

성안나의 얘기에 안젤라가 대답했다.

"중력과 대기권의 성분이 지구랑 비슷하다고 그랬잖아. 여기가 제2의 지구야."

"그랬으면 좋겠어."

관측 창에 그리드 핀이 펴지고 낙하산이 펼쳐진 67호 탈출 캡슐이 보였다. 각 캡슐에는 탑승자가 정해져 있었는데 가족끼리도 같이 탑승할 수 없었다. 그래서 엄마는 설사 캡슐을 탈 수 있었다고 해도 다른 캡슐을 타야 했는데 그게 바로 67호였다.

"제발 저기에 엄마가 탔으면 좋겠는데."

성안나가 희미하게 중얼거리는데 갑자기 나란히 내려오던 67호 탈출 캡슐이 비틀거렸다. 좌우로 심하게 요동치면서 부품들이 떨어져 나갔는데 그게 낙하산을 찢어 버린 것이다. 탈출 캡슐은 더 빠른 속도로 아래로 떨어졌다.

"어떡해!"

순식간에 시야에서 사라진 67호 탈출 캡슐을 본 성안나는 입을 다물지 못했다.

"엄마! 엄마!"

당장이라도 안전 바를 풀려는 성안나의 모습을 본 안젤라가 손으로 꽉 잡았다.

"미쳤어. 여기서 까닥 잘못하면 우리도 죽어."

안젤라의 만류에 결국 성안나는 아무것도 하지 못했다. 두 손으로 얼굴을 끌어안은 채 울음을 삼키는데 갑자기 탈출 캡슐의 스피커에서 소리가 들렸다.

"지표면과 11킬로미터까지 접근 중. 비상 착륙을 할 예정이니 각자 안전 바를 잡고 충격에 대비하십시오. 지표면과 10킬로미터 돌파. 비상 제동 가동합니다."

윙윙 소리와 함께 지상으로 향한 노즐에서 불꽃과 연기가 나왔다. 역방향으로 제동이 걸리자 탈출 캡슐의 속도는 더욱 줄어들었다. 안젤라가 환하게 웃었다.

"우린 무사히 내려가겠어."

그러자 누군가 볼멘소리를 했다.

"그런 말 하지 마. 재수가 없을 수 있잖아."

찔끔한 안젤라가 입을 다문 채 고개를 숙였다. 어둡고 무거운 분위기 속에서 성안나를 태운 탈출 캡슐은 글라디우스 행성의 지표면으로 서서히 내려갔다.

"글라디우스 행성의 지표면과 5킬로미터 거리까지 접근했습니다. 비상 제동은 정상 가동 중입니다. 지표면 착륙용 다리를 펼치겠습니다. 다리 고정 완료."

옆으로 나란히 있던 좌석이 서서히 움직이면서 지상에 내려갈 준비를 했다. 제일 앞자리에 앉았던 성안나는 점점 거세지는 역 추진 엔진 가동음에 정신을 차리기 힘들었다. 지표면에 가까워질수록 흙먼지와 함께 나뭇잎 같은 것들이 풀풀 날리는 게 보였다. 그녀의 손을 꼭 붙잡은 안젤라가 말했다.

"이제 도착하나 봐. 글라디우스 행성에 말이야."

감격한 안젤라의 말에 성안나는 무덤덤한 얼굴로 드디어 도착했다는 말을 흐릿하게 중얼거렸다. 엄마와의 갑작스러운 이별이 모든 감정을 집어삼켰기 때문이다. 마침내 지표면에 안전하게 착륙했다는 메시지가 들렸다. 좌석이 수직 방향으로 고정되었고, 탈출 캡슐과 우주선을 연결하는 탈출구가 위쪽에 있어서 제일 뒤쪽 좌석부터 나갈 수 있었다. 성안나와 안젤라는 나갈 순서를 기다리고 있는데 그때 큰 충격과 함께 탈출 캡슐이 좌우로 흔들렸다. 놀란 성안나가 관측 창을 바라봤다가 깜짝 놀랐다.

"따, 땅이 꺼지고 있어."

"뭐라고?"

안젤라 역시 관측 창을 통해 바깥을 봤다가 깜짝 놀랐다. 지표면이 서서히 가라앉으면서 탈출 캡슐을 집어삼키고 있었다.

"서둘러!"

헬멧을 벗어 던진 성안나가 통로 중앙에 있는 사다리를 움켜잡았다. 하지만 미처 나가지 못한 승객들이 사다리에 매달려 있었다. 성안나가 다급하게 말했다.

"아래로 빨려 들어가고 있어요. 어서 나가요!"

하지만 그 소리를 듣고 겁을 먹었는지 몇 명이 제대로 올라가지 못했다. 다급해진 성안나가 미친 듯이 재촉해서 그들을 겨우 올려 보냈다. 그리고 둘은 밖으로 몸을 날리며 아슬아슬하게 탈출 캡슐을 빠져나올 수 있었다.

"아악!"

인공 중력이 아닌 실제 중력은 몇 년 만에 처음이라 성안나에게는 몹시 낯설고 무거웠다. 충격에 못 이겨 버둥거리던 성안나는 안젤라의 도움으로 겨우 몸을 일으켰다. 방금 뛰어내린 탈출 캡슐은 땅속으로 빨려 들어가고 있었다. 다행히 성안나와 안젤라를 비롯한 승객들이 내린 곳은 무너지지 않았다. 무거운 자석 신발을 벗어 버린 성안나는 주변을 돌아봤다. 커다란 나무와 기묘하게 생긴 바위, 녹색의 대지가 보였다. 나무와 돌들이 빽빽하게 주변에 있고, 커다란 식물의 줄기가 그걸 휘감고 있었다. 성안나가 멍하게 바라보는 가운데 안젤라가 말했다.

"예전에 사라졌다는 밀림 같아."

"맞아. 나무와 풀들이 울창한 곳이라고 들었어."

둘이 얘기를 주고받는 사이 탈출 캡슐에서 나온 다른 승객들이 덥고 거추장스럽다며 우주복을 벗어 던졌다. 우주복에는 온도 조절 기능이 있었지만 글라디우스 행성의 표면 온도는 지구의 가을 날씨 정도였기 때문에 상관없었다. 성안나도 안젤라와 거추장스러운 우주복을 벗는데 승객 중 한 명이 허공을 가리키며 소리쳤다.

"저기 좀 봐!"

하늘을 가로지르며 온누리호가 서서히 낙하하는 중이었다. 앞쪽의 솔라 패널과 뒤쪽 엔진들은 모두 사라졌지만 거주 블록들과 화물 블록들이 붙어 있는 프레임은 멀쩡했다. 비상용 엔진을 이용해서 글라디우스 행성의 대기권을 돌파한 것 같았다. 대기권을 돌파하느라 선체는 불덩어리가 되었지만 여전히 지상으로 낙하 중이었다. 천천히 내려오던 온누리호는 꼭대기가 평평한 산 너머로 사라졌다. 그걸 본 안젤라가 소리쳤다.

"저기로 가야 해."

"엄청 멀어 보이는데?"

성안나의 대답을 들은 안젤라가 고개를 저었다.

"탈출 캡슐이 땅속으로 가라앉았잖아. 우린 빈손이고, 여긴 지구에서 4광년 넘게 떨어진 글라디우스 행성이란 말이야."

안젤라의 얘기를 들은 성안나는 한숨이 나왔다. 안젤라는 다른 승객들도 설득했다.

"여긴 우리밖에 없잖아요. 다른 생존자들을 찾아야죠."

"구, 구조대가 오지 않을까?"

아까 탈출 캡슐 안에서 비명을 지르던 승객이 더듬거리며 얘기했다. 성안나는 그의 이름이 강도준이라는 것을 떠올렸다. 20대 후반 엔지니어였는데 소극적인 성격이라 다른 사람들과 잘 어울리지 못한 것으로 보였다. 안젤라는 그런 강도준을 보면서 고개를 저었다.

"온누리호 봤잖아요. 우리를 구조하러 올 수 있을 거 같아요?"

강도준은 고개를 숙였고, 다른 승객들도 차마 대답하지 못했다. 하지만 아무도 안젤라의 의견에 동조하지 않았다. 낯선 행성에서 정확한 위치도 모르는 채 우주선을 찾아 나설 용기가 나지 않았으니 말이다. 다행히 탈출 캡슐이 떨어지면서 충격에 비상식량이 든 박스 몇 개가 바닥에 떨어졌다. 분위기가 심상치 않게 돌아가자 몇 몇 승객들이 슬슬 박스를 챙겼다. 그걸 본 안젤라가 혀를 찼다.

"그걸로 얼마나 버틸 수 있을 거 같아요?"

결국 분위기가 갈리면서 추락한 온누리호를 찾아가기로 한 팀과 남아서 구조대를 기다리는 팀으로 나뉘어졌다. 의외로 강도준은 기다리지 않고 찾아 나서는 쪽에 합류했다. 70명 정도 중에 30명 정도는 이동하기로 했다. 안젤라를 선두로 울창한 숲을 뚫고 들어갔다. 강도준이 은근슬쩍 성안나에게 다가와서 말을 걸었다.

"여긴 뭐든 크네."

묵묵히 땅을 보고 걷던 성안나는 강도준의 말에 주변을 돌아봤다. 둘레가 10미터가 넘는 나무들이 대부분이었고, 나무를 감싸는 넝쿨 굵기는 사람 몸통만 했다. 잎사귀들도 엄청나게 커서 사람을 충분히 덮을 만했다. 바위들도 대부분 커서 고개를 들고 한참을 봐야만 했다.

딱히 대답할 말이 없던 성안나가 침묵을 지키자 강도준이 또다시 입을 열었다.

"이상하지 않아?"

"뭐가요?"

이번에는 대답을 듣자 강도준은 주변을 돌아봤다.

"이렇게 식물들이 크려면 온도가 높아야 해. 열대라고

불릴 정도로 말이야. 그런데 서늘하지?"

"네. 춥지도 덥지도 않아요."

"거기다 말이야."

마른침을 삼킨 강도준이 조심스럽게 덧붙였다.

"아무것도 없어."

"뭐가 없다는 얘기에요."

"동물들. 새도 없고, 아무것도 없어."

그 얘기를 듣고 나서야 성안나도 나무와 넝쿨만 있을 뿐 아무것도 없음을 깨달았다.

"정말 그러네요."

강도준이 얼굴을 잔뜩 찌푸린 채 입을 열었다.

"사람들은 이곳을 제2의 지구라고 떠들지만 나는 믿지 않았어."

"왜요?"

"지구처럼 생명체가 살기 좋은 곳이라면 우리 같은 고등 생명체가 있어야지. 그런데 먼저 보낸 탐사선에서는 고등 생명체는 물론 생명체를 확인하지 못했어."

"그러게요. 전혀 몰랐어요."

"이곳으로 이주시키려고 거짓말을 하거나 더 살펴보지 않은 셈이지. 그러니까 여긴 사람이 살 수 없을 정도의 치명적인 문제점이 있는 게 분명해."

"어떤 문제요? 여기 내려서 지금까지 아무렇지도 않았잖아요."

성안나의 물음에 강도준이 물끄러미 바라보다가 대답했다.

"지금까지 괜찮은 게 앞으로도 괜찮다는 건 아니잖아."

지구에서는 물론 온누리호를 타고 오는 4년 내내 글라디우스 행성에 고등 생명체가 없다는 얘기는 듣지 못했다. 기껏해야 탐사선이 전송한 흐릿한 영상과 지구와 대기 환경이 거의 똑같다는 내용이 반복될 뿐이었다. 사실, 온누리호에 탑승한 것이 기적에 가까운 일이라서 글라디우스 행성에 대해서 궁금해하거나 의문을 가질 만한 상황이 아니었다. 지금 강도준이 한 얘기를 만약 온누리호 안에서 들었다면 성안나는 신경도 안 쓰거나 무시해 버렸을 것이다. 하지만 글라디우스 행성에 도착해서 직접 살펴본 이후에는 얘기가 달랐다. 어머니와도 헤어진 상태라서 더더욱 우울해진 그녀는 한숨을 깊게 쉰 채 앞쪽을 바라봤다. 안젤라가 덩치 큰 남성과 함께 앞장서서 가는 중이었다. 다행히 날씨가 무덥거나 춥지 않았다. 길이 나 있지 않았지만 오르막도 없어서 걷기 수월했다. 게다가 4년 동안 온누리호를 타면서 체력 단련 프로그램을 대부분 거친 것도 별문제 없이 걷는 이유가 되었다. 의문을 제기한 강도준은 다시 침묵에 빠져들었고, 딱히 대답할 말이 없던 성안나 역시 입을 다물었다. 한참 걷던 안젤라는 멈춰 서서 휴식이라고 외쳤다. 다들 약속이나 한 듯 근처로 흩어져서 쉬거나 물을 마셨다. 성안나는 행렬의 제일 앞줄에 있는 안젤라를 향해 걸어갔다. 함께 앞장섰던 남자와 얘기를 나누던 안젤라가 땀으로 범벅이 된 얼굴로 반겼다.

"잘 따라왔네. 다리 안 아파?"

안젤라의 물음에 성안나는 웃으며 고개를 끄덕거렸다. 안젤라가 성안나에게 함께 앞장서서 걸었던 남자를 소개했다.

"여긴 중국에서 온 리지린 씨야. 글라디우스 행성의 생태 전문가야."

"리지린입니다. 반가워요."

"행성 전문가라고요?"

"생태 전문가요. 탐사선이 보내준 영상을 가지고 생태계를 분석하는 일을 했습니다."

약간 어색한 한국말을 하는 30대의 남성 리지린은 커다란 덩치와는 어울리지 않은 순박한 외모의 소유자였다. 축 처진 눈꼬리가 그런 이미지를 만드는 데 한몫했다. 가볍게 인사를 한 성안나가 안젤라에게 물었다.

"얼마나 더 가야 할까?"

대답은 옆에 있던 리지린이 했다.

"온누리호가 떨어진 산맥까지가 대략 백여 킬로미터쯤 되는데, 그 너머니까 산 위로 올라가서 위치를 다시 가늠해야죠."

"가다가 식량이 떨어지는 건 아니겠죠?"

리지린이 고개를 저었다.

"에너지바가 있으니까요. 하루에 한 개씩만 먹어도 열량은 충분해요. 수분 섭취가 문제이긴 한데 수분 알약으로 해결하면 됩니다."

리지린의 자신 있는 대답에 성안나는 다소 안심이 되었다. 그런 성안나에게 안젤라가 얘기했다.

"걱정하지 마. 온누리호로 가면 엄마를 찾을 수 있을 거야."

얘기를 나누는 와중에 뒤쪽에서 비명이 들렸다.

"무슨 소리지?"

뒤돌아본 성안나는 끔찍한 광경과 마주쳤다. 거대한 넝쿨들이 같이 온 사람들을 공격하는 중이었다. 몸통을 칭칭 감아서 나무 위로 끌고 올라가거나 어디론가 끌고 갔다. 살려 달라는 외침과 비명이 끔찍하게 뒤엉켰다. 사방에서 뻗어 온 넝쿨들이 사람들을 한 명씩 잡아끌고 어디론가 사라졌다. 갑작스러운 넝쿨의 공격에 사람들은 개미 떼처럼 흩어졌다. 놀라서 이리저리 흩어지는 사람들의 모습을 지켜보던 성안나는 두려움에 그대로 얼어붙었다. 그런 성안나의 팔을 안젤라가 움켜잡았다.

"뭐 하고 있어! 피해!"

"저게 뭐지?"

"일단 피하고 봐야지. 따라와."

성안나는 안젤라 그리고 리지린과 함께 정신없이 도망쳤다. 뒤쪽으로 날카로운 비명이 따라붙었다. 앞장선 리지린은 이리저리 움직이는 넝쿨들을 살펴보면서 앞으로 뛰다가 말했다.

"저기로 들어가자."

리지린이 가리킨 곳은 바위 아래 납작 엎드린 것처럼 뚫린 동굴이었다. 높이가 낮아서 기어들어 가야 했는데 안젤라가 먼저 들어갔고, 성안나도 따라서 들어갔다. 안쪽은 의외로 넓어서 허리를 펼 수 있었다. 마지막으로 들어온 리지린이 입구 근처에 엎드려서 바깥을 살펴봤다. 비명이 점점 줄어들면서 넝쿨들이 바위와 나무를 쓸면서 지나가는 기괴한 소리가 들려왔다.

"이게 무슨 소리지?"

성안나의 중얼거림을 들은 안젤라가 조용히 하라는 손짓을 했다. 동굴 입구로 넝쿨이 지나가는 기괴한 소리가 들렸다. 성안나는 손으로 입을 틀어막았다. 리지린이 마른침을 크게 삼키고는 깜짝 놀란 표정을 지었다. 다행히 움직이던 넝쿨은 소리를 듣지 못했는지 그냥 사라져 버렸다. 한참이 지나고 나서야 참았던 숨을 내쉰 성안나는 안젤라에게 물었다.

"어떻게 된 거야? 왜 넝쿨들이 살아 있는 것처럼 움직여서 우리들을 공격해?"

"나도 모르겠어."

자연스럽게 시선은 리지린에게 향했다. 땀을 뻘뻘 흘리던 리지린은 마른침을 다시 삼켰다.

"전혀 알 수 없는 상황입니다. 영상에서 넝쿨이 움직이는 건 봤지만 바람이나 생육 때문이라고만 생각했어요."

"우리를 왜 공격한 거죠?"

"지능이 있다면 먹이로 생각하거나 아니면 자기 영역을 침범했다고 판단해서 공격했을 것으로 보입니다."

"맙소사. 그럼 우리를 침입자로 생각했단 말이에요?"

성안나의 얘기에 리지린이 고개를 끄덕거렸다. 그러고는 조심스럽게 덧붙였다.

"처음에 우리를 공격하지 않고 나중에 공격한 걸로 봐서는 지켜본 거 같습니다."

"식물이 뭘 지켜본다고 그래요?"

놀란 성안나가 소리치듯 묻다가 그대로 굳어 버렸다. 그런 성안나의 표정을 살펴본 리지린이 대답했다.

"맞아요. 생긴 건 식물이지만 지능을 가진 생명체일 수 있어요. 우릴 먹잇감으로 생각했다면 사냥하기 쉬운 위치에 올 때까지 기다렸을 수도 있어요."

리지린의 대답을 들은 성안나는 입을 다물지 못했다. 아까 강도준이 했던 얘기가 떠올랐다. 사람이 살 수 있을 정도의 행성에 고등 생명체가 없다는 게 이상하다는 것이 결국 들어맞은 셈이었다.

"제2의 지구가 아니라 지옥이었어."

낙담한 성안나가 두 손으로 얼굴을 가린 채 울음을 터트렸다. 그러자 안젤라가 다가와서 다정하게 안아 주었다.

"괜찮아. 우린 살았잖아. 어떻게든 여길 빠져나가서 가족들을 만나야지."

"그럴 수 있을까?"

"그럼, 희망을 품어 봐. 우린 살아남았잖아. 다른 사람들도 살아남아 있을 거야."

위로를 받은 성안나가 고개를 끄덕거리는 순간, 리지린의 비명이 들렸다.

입구 쪽을 보자 여러 가닥의 넝쿨이 리지린의 팔과 다

리를 칭칭 감은 게 보였다. 놀란 성안나와 안젤라가 비명을 지르자 넝쿨은 마치 소리에 반응한 것처럼 꿈틀거리고는 둘에게 다가왔다.

"피, 피해!"

안젤라가 성안나를 뒤로 떠밀었다. 동굴 안쪽으로 내팽개쳐진 성안나는 바닥이 꺼지면서 안쪽으로 굴러떨어졌다.

식물의 습격

"엄마야!"

경사진 통로 같은 곳으로 한없이 굴러떨어진 성안나는 단단한 바닥에 부딪혔다. 정신을 잃을 정도로 큰 충격을 받았지만 겨우 몸을 추스르면서 주변을 볼 수 있었다. 빛이 들지 않는 동굴 안쪽의 깊숙한 곳에 떨어져서 아무것도 보이지 않았다.

"아, 머리야."

충격을 받은 뒷머리를 어루만지던 성안나는 가슴에 붙은 비상 조명 장치를 켰다. 희미한 빛이 켜지면서 주변을 살펴볼 수 있었다.

"뭐, 뭐지?"

좁아터진 공간일 것이라는 예상과는 다르게 엄청나게 넓은 공간이 보였다. 빛이 닿지 않을 만큼 천장이 높아서 성안나는 천천히 몸을 일으켰다. 기분 나쁠 정도로 고요한 가운데 알 수 없는 소리가 들렸다. 일단 성안나는 조심스럽게 나갈 수 있는 출구를 찾아봤다. 아까 굴러떨어진 곳은 경사가 너무 심해서 올라갈 수 없을 것 같았기 때문이다.

"밖으로 나갈 길이 없나?"

갇혔다는 두려움에 숨통이 조여 왔다. 머리까지 아플 지경이었지만 어둠 속에 갇혀 있다는 게 더 두려웠다. 정신을 차리자고 스스로에게 중얼거리며 성안나는 주변을 살펴보면서 조심스럽게 앞으로 나아갔다. 넝쿨이 있을까 걱정했지만 다행히 보이지는 않았다. 그러다가 비상 조명에 뭔가가 비쳤다.

"벽인가?"

처음에는 수직으로 뻗은 동굴의 벽인 줄 알았다. 그런데 자세히 보니까 거대한 돌기둥이었다. 한두 개가 아니라 여러 개가 촘촘히 그리고 나란히 서 있었다.

"동굴 안에 돌기둥이라니."

생각보다 높아서 가까이에서는 얼마만큼 높은지 짐작조차 할 수 없었다. 혹시나 무너질까 봐 옆으로 조심스럽게 지나가는데 갑자기 돌기둥이 흔들렸다.

"으악!"

놀란 성안나는 두 손으로 머리를 감싸고 얼른 뛰었다. 다행히 흔들림은 금방 그쳤다. 어둠 속을 정신없이 뛰느라 방향을 잃어버린 성안나는 결국 걸음을 멈추고 주변을 돌아봤다. 그제야 주변에 있는 것들이 돌기둥이 아니라 거대한 석상이라는 것을 알아차렸다.

"이것들은 다 뭐야?"

하나같이 기괴하게 생긴 괴물들의 얼굴과 몸통을 하고 있었다. 머리는 새처럼 생겼지만 뿔이 나 있는 것도 있었고, 오랑우탄이나 침팬지를 닮았는데 날개가 달린 것들도 보였다. 돌기둥을 휘감은 거대한 뱀처럼 생긴 석상도 보였고, 여러 개의 팔이 달린 개구리처럼 생긴 괴물도 보였다. 차례차례 살펴보던 성안나는 걸음을 멈췄다. 마치 투구를 쓴 것 같은 얼굴에 세 갈래로 갈라진 부리가 있었고, 온몸을 덮은 비늘 모양의 날개가 눈에 띄었다. 두 발은 새의 다리가 아니라 사자나 호랑이의 다리처럼 굵고 단단해 보였다. 머리에는 사슴의 뿔과 비슷한 뿔이 달려 있었다. 무섭고 괴기스러웠지만 다른 석상들과는 다르게 거부감이 덜했다. 걸음을 멈춘 성안나는 뒷걸음질을 치면서 석상을 올려다봤다.

"정말 기괴하네. 그나저나 누가 대체 이런 깊숙한 동굴

44

안에 석상들을 만들어 놨을까?"

싸늘함을 품은 바람이 그녀의 주변을 스쳐 지나갔다. 한기를 느낀 성안나는 두 팔로 어깨를 감쌌다. 그리고 입김이 나오는 걸 깨닫고는 중얼거렸다.

"어디서 바람이 부는 거지?"

바깥과 연결된 곳이 있다는 의미라는 걸 알아차린 성안나는 바람이 부는 쪽을 찾았다. 그러다가 바닥의 흙이 들썩거리는 걸 보고는 그쪽으로 발걸음을 옮겼다.

"나갈 수 있어. 나가서 친구들과 가족들을 만날 거야. 반드시."

바람이 부는 쪽으로 걸어가던 성안나는 희미하게 스며들어오는 빛을 보았다. 그곳으로 가는 길은 야트막하게 경사진 곳이라 걸을 만했다. 하지만 걸을수록 바람이 거세게 불어서 한 걸음 한 걸음 떼기가 너무 힘들었다.

"안 돼! 어떻게든 나가야 하는데!"

성안나는 필사적으로 걸음을 옮겼다. 하지만 바람은 눈을 뜰 수 없을 정도로 거세게 불어왔다. 결국 바람에 밀린 성안나는 다시 밀려나고 말았다. 필사적으로 버티는데 빛의 색깔이 변했다.

"어?"

붉은색이었다가 차츰 주황색으로 변했는데, 글라디우

스 행성의 대기권을 통과할 때 봤던 것과 같은 색깔의 빛이었다. 주황빛을 보는 순간, 바람이 누그러졌다. 겨우 한숨을 돌린 성안나는 한 손을 들어서 얼굴을 가린 채 앞으로 나아갔다. 앞을 볼 수 없고, 바닥은 미끄러웠지만 포기하지 않았다. 결국 주황빛이 세상을 모두 채운 것 같은 느낌이 드는 순간, 바람이 사라져 버렸다. 그리고 성안나는 동굴 밖으로 나와 있었다.

"어, 어디지?"

넝쿨과 큰 나무들은 보이지 않고, 커다란 바위와 이끼들이 잔뜩 있었다. 일단 넝쿨이 없다는 사실에 안도한 성안나는 바위에 걸터앉아서 숨을 골랐다.

"여긴 대체 어딜까?"

위치를 확인할 만한 아무런 장치가 없었기 때문에 아무리 돌아봐도 여기가 어딘지 알 도리가 없었다. 천천히 바위가 없는 곳으로 걸어간 성안나는 주변 풍경을 보고 숨이 멎었다.

"뭐야?"

그녀가 서 있는 곳에서는 주변이 내려다보였다. 온누리호로 가기 위해서 넘어가야 할 큰 산에 올라와 버린 것이다. 회색 안개 같은 것이 자욱하게 깔린 대지가 발아래 펼쳐진 것이다.

"대체 어떻게 된 거지?"

원래 있던 장소를 찾아보려고 했지만 방향조차 짐작할 수 없었다. 정신없이 주변을 돌아보던 성안나는 연기가 모락모락 피어오르는 것을 발견했다.

"온누리호?"

연기와 안개 사이로 온누리호의 잔해가 보였다. 엔진은 비스듬하게 위쪽으로 서 있었고, 프레임과 블록들은 주변에 흩어져 있었다. 화재가 발생한 것 같았지만 우주선 자체는 형태를 유지했다. 엄청 튼튼하기 때문에 운석에 부딪혀도 안전하다는 말을 떠올린 성안나는 희망을 품었다.

"엄마를 만날 수 있겠지?"

엄마가 타고 있던 탈출 캡슐은 추락한 것 같았지만 역시 튼튼했기 때문에 살아 있을 확률이 높았다고 믿고 싶었다. 아니면, 탈출하지 못했다고 하면 온누리호에 그대로 있을 수 있었다. 어찌 되었든 어머니를 찾으려면 온누리호로 가야만 했다. 성안나는 일단 산에서 내려가서 온누리호의 잔해가 있는 곳으로 가 보기로 했다. 혼자라서 두렵기는 했지만 남아 있는 것은 더 두려울 거 같았다. 다행히 아직 빛이 사라지지 않아서 적어도 어둠과 싸울 일은 없을 거 같았다.

"넝쿨이 없는 곳으로 가는 게 좋겠어."

주변을 돌아본 성안나는 조심스럽게 산에서 내려갔다. 이끼 때문에 미끄럽기는 했지만 내리막길이라 그런지 어렵지 않게 내려갈 수 있었다. 긴장감 때문인지 아프거나 배가 고프지도 않았다. 오히려 발걸음이 더 가벼워져서 의아할 지경이었다.

"중력이 지구보다 약한가?"

산을 거의 내려오자 다시 커다란 나무들이 보였다. 그리고 넝쿨들도 가끔 보였다. 덜컥 겁이 났지만 돌아갈 길이 보이지 않아서 어쩔 수 없이 걷기로 했다. 대신 최대한 빨리 움직여서 넝쿨들을 피해 갔다. 그러다가 회백색 안개와 마주쳤다. 지구에서 본 안개와 비슷했지만 한 가지 결정적인 차이점이 느껴졌다.

"마치 살아 있는 거 같잖아."

꿈틀거리며 빠르게 퍼지는 게 마치 의식이 있는 것처럼 보였다. 넝쿨에 심하게 당한 경험이 있던 성안나는 같이 있던 안젤라와 리지린을 떠올리며 몸서리를 쳤다. 생각에 잠긴 사이 안개가 서서히 다가왔다. 다행히 주변이 잘 안 보이는 정도일 뿐 호흡에 문제가 있거나 괴물이 숨어 있지는 않았다. 아까 봤던 방향으로 천천히 걸어가던 성안나는 누군가 쫓아오는 것 같은 느낌을 받았다. 몇 번

이고 뒤를 돌아봤지만 안개만 보일 뿐 아무것도 보이지
않았다.

"뭐지?"

불길한 느낌에 성안나는 발걸음을 빨리했다. 그런 그
녀의 귀에 아까 넝쿨이 습격했을 때의 이상한 소리가 들
렸다.

"설마!"

뒤를 돌아보던 성안나는 등골이 오싹해졌다. 아무것도
없어서 다시 발걸음을 옮기려다가 무심코 위를 올려다봤
는데 수십 개의 넝쿨들이 자신을 향해 천천히 내려오고
있는 것을 목격했다.

"으악!"

놀란 성안나는 무작정 달리기 시작했다. 하지만 얼마
가지 못해 뻗어 온 넝쿨에 손과 발이 붙잡히고 말았다.

"안 돼! 이거 놔!"

성안나는 몸부림을 쳤지만 넝쿨에 붙잡혀서 허공으로
끌려 올라갔다. 팔과 다리는 물론 몸통까지 감긴 탓에 어
떻게 해 볼 방법이 없었다.

"살려 줘!"

성안나는 몸부림을 치면서 소리를 쳤다. 하지만 넝쿨
이 더 강하게 조여 올 뿐이었다. 삽시간에 지상에서 수십

미터 높이로 끌려 올라가면서 그녀는 절망에 휩싸였다. 이제는 풀려난다고 해도 떨어지면 무사하지 못할 것처럼 보였기 때문이다. 눈을 질끈 감자 부모님과 친구들이 떠올랐다. 그리고 그들에게 작별을 고하고 마지막을 맞이하려는 찰나, 어디선가 괴성이 들려왔다. 사람이 아닌 존재가 내뿜는 소리 같았다. 듣는 순간 온몸에 소름이 오싹 끼쳤다. 그리고 검은 그림자 같은 것이 위쪽으로 쓱 스치고 지나갔다.

"으악!"

갑자기 넝쿨들이 잘리면서 성안나의 몸이 아래로 떨어졌다. 바닥과 충돌할 것이라는 상상에 굳어졌던 몸이 뭔가에 낚였다.

"어?"

거대한 발톱 같은 것이 성안나의 몸을 움켜쥔 것이다. 그리고 위아래로 리드미컬하게 날면서 안개를 뚫고 지나갔다. 뭔지 정체를 확인하려고 해도 고개를 돌릴 수가 없었다. 이리저리 고개를 돌리려던 성안나의 눈에 뒤쪽에서 다가오는 넝쿨들이 보였다. 마치 먹잇감을 노리는 독수리처럼 맹렬하게 다가오는 촉수는 금방이라도 그녀를 집어삼킬 것 같았다. 다행히 촉수가 닿기 전에 그녀를 움켜쥔 것의 속도가 더 빨라졌다. 단숨에 안개를 빠져나오더니 쫓아오는 촉수 쪽으로 몸통을 틀었다. 그 와중에 성안나는 자신을 붙잡은 것의 정체를 알아차렸다.

"석상이랑 똑같네."

굴러떨어진 지하에서 유심히 봤던 석상과 똑같이 생긴 괴물이었다. 투구처럼 생긴 머리에 세 갈래로 나눠진 부리. 거기다 커다란 날개의 깃털은 칼날처럼 날카로웠다. 다리는 털이 잔뜩 달린 사자나 호랑이랑 비슷하게 생겼고, 머리에는 사슴뿔처럼 생긴 뿔이 달려 있었다. 신기하게 바라보던 성안나가 중얼거렸다.

"이제부터 너를 세 개의 부리라고 부를게."

자신의 이름이 정해진 걸 아는지 날개 달린 괴물이 세 갈래로 나눠진 부리를 벌리며 소리를 냈다. 날카로운 파동이 더해진 것 같았는데 놀랍게도 가까이 다가오던 넝쿨들이 힘없이 부스러졌다.

"우와! 진짜 세네!"

하지만 넝쿨들은 안개를 뚫고 계속 다가왔다. 수십 가닥의 넝쿨들이 마치 살아 있는 것처럼 덤벼들었다. 하지만 세 개의 부리는 날개를 펼친 채 좌우로 비틀었다. 날카로운 깃털이 마치 칼처럼 넝쿨들을 잘랐다. 잘린 넝쿨들은 바닥으로 힘없이 떨어졌다. 그렇게 넝쿨들을 순식간에 정리한 세 개의 부리는 속도를 더욱 높여서 다시 안개 속으로 파고 들어갔다.

"야! 너무 위험한 거 아니야?"

살짝 겁이 난 성안나의 중얼거림을 들었는지 세 개의 부리가 가볍게 소리를 냈다. 안심하라는 뜻인지 믿으라는 뜻인지 알 수 없었지만 성안나는 안심하고 앞쪽을 바라봤다. 다시 넝쿨들의 공격이 이어졌지만 세 개의 부리는 날개를 이용해서 손쉽게 잘라 버렸다. 그리고 얼굴 쪽으로 다가온 넝쿨은 세 개의 부리를 이용해서 뜯어 버렸다. 그렇게 넝쿨들을 자르면서 안개 속을 뚫고 들어간 세 개의 부리는 다시 높이 치솟았다. 그러자 성안나의 눈에 괴상한 게 보였다.

"서, 선인장?"

거대한 녹색의 선인장처럼 생긴 괴물이 보였다. 몸통에는 수십 개는 넘어 보이는 넝쿨 가닥들이 보였다.

"넝쿨이 아니라 촉수였구나."

그냥 사방에서 흔히 볼 수 있는 식물이 아니라 거대한 괴물의 손과 발이었다는 사실을 깨달은 성안나는 리지린과 강도준이 했던 말을 떠올리며 온몸에 소름이 돋았다. 세 개의 부리는 선인장처럼 생긴 괴물의 주변을 한 바퀴 돌았다. 그 와중에 성안나는 선인장처럼 생긴 괴물의 잘린 촉수가 다시 생겨나는 것을 봤다.

"무한 증식이네."

다시 생겨난 촉수들이 세 개의 부리를 향해 덤벼들었다. 여유롭게 날던 세 개의 부리는 입을 벌려서 소리를 냈다. 방금 전과는 비교할 수 없을 정도로 강한 소리에 기세 좋게 달려오던 촉수들은 흐물거리며 녹거나 터졌다. 그 사이를 뚫고 급강하한 세 개의 부리는 선인장처럼 생긴 괴물의 몸통을 향해 곧장 내려갔다. 잔뜩 겁이 난 성안나는 세 개의 부리를 올려다봤다.

"어떻게 하려고 그러지?"

세 개의 부리가 천천히 합쳐졌다. 놀란 성안나가 바라보는 와중에 합쳐진 부리가 벌려지면서 녹색의 화염 같은 것이 뿜어졌다.

"뭐야!"

놀란 성안나는 선인장처럼 생긴 괴물이 녹색의 화염을 뒤집어쓰고 천천히 녹아내리는 것을 봤다. 마치 거대한 건물이 허물어지는 것처럼 옆으로 넘어져 버리자 자욱했던 안개가 충격파에 밀려 마치 파도처럼 주변으로 퍼져나갔다. 짧지만 강렬한 괴물들 간의 싸움을 지켜보던 성안나는 자신을 잡고 있던 세 개의 부리가 이기자 안도의 한숨을 쉬었다.

"살았다."

승리한 세 개의 부리는 하늘을 보고 길게 포효하고는 날개를 활짝 펼쳤다. 그리고 서서히 사라져 가는 안개를 빠져나와서 날아가기 시작했다. 여유를 찾은 성안나는 날아가는 쪽을 바라보다가 깜짝 놀랐다.

"온누리호가 있는 쪽이잖아."

아직도 연기가 나고 있는 온누리호가 손에 잡힐 듯 가까워졌다. 서서히 속도를 낮춘 세 개의 부리가 지상으로 내려왔다. 나무와 바위 그리고 무엇보다 넝쿨처럼 생긴 촉수가 없었다. 바닥이 약간 폭신한 평원 같은 곳이었는데 온누리호의 잔해가 눈에 들어올 정도로 가까웠다. 그녀를 내려 준 세 개의 부리는 접었던 날개를 다시 활짝 펼쳤다. 그러고는 다시 허공으로 날아갔다. 순식간에 높이 올라간 세 개의 부리는 보이지 않는 곳으로 날아갔다.

"무슨 일이지?"

넝쿨의 습격부터 조금 전까지 겪은 일들이 고스란히 믿기지 않았던 성안나는 세 개의 부리가 사라진 방향을 한참이나 살펴봤다. 그러고는 천천히 주변을 돌아봤다. 처음에 내렸을 때는 지구와 다를 바가 없는 살기 좋은 곳이라는 생각을 했지만 지금은 전혀 아니었다.

"괴물들의 행성이네."

이곳에서 인간이 살아갈 수 있을지 정말 걱정이 되었
다. 하지만 일단 온누리호가 불시착한 곳으로 가기로 했
다. 넝쿨 같은 것들이 있는지 지켜봤지만 다행히 평지가
이어졌다.

불시착

가까이에서 본 온누리호의 모습은 처참했다. 대기권을 돌파하면서 프레임을 비롯한 기체 전체가 검게 그을렸고, 부서진 거주 블록 파편들이 여기저기 흩어져 있었다. 지면과의 충돌로 온누리호의 앞부분은 땅속 깊이 파묻혔고, 반중력 엔진이 있는 뒷부분은 비스듬히 허공에 떠 있었다. 다행스럽게도 온누리호 주변에 사람들이 보였다. 성 안나가 다가갔지만 다들 일하느라 정신이 없었다. 어찌할 바를 모르고 있던 그녀는 자신의 이름을 부르는 목소리를 들었다.

"안나! 안나 맞지!"

뒤를 돌아보자 헐레벌떡 달려오는 히라이 겐지가 보였

다. 활짝 웃는 그를 본 성안나는 다소 안심이 되었다. 히라이 겐지가 손에 들고 있던 공구 상자를 내려놓고 물었다.

"괜찮아? 어디 다친 곳은 없고?"

"멀쩡해. 넌?"

"나도 크게 다친 곳은 없어."

성안나는 다시 온누리호의 잔해를 바라봤다. 성안나의 생각을 읽었는지 히라이 겐지가 웃으며 말했다.

"거주 블록은 심하게 파손되었는데 프레임에 있는 블록들은 괜찮았어."

"탈출 캡슐을 타지 못한 거야?"

"응, 우리들은 탈출 캡슐이 배정되지 않았잖아."

씁쓸하게 대답한 히라이 겐지가 덧붙였다.

"덕분에 일본인들이 무사히 내려올 수 있었지."

"다행이네."

"탈출 캡슐은 어디로 떨어진 거야?"

히라이 겐지의 물음에 성안나는 높은 산을 가리켰다.

"저기 너머로."

"백두산 말이구나."

"저기가 백두산이야?"

성안나의 물음에 히라이 겐지가 온누리호를 힐끔 바라보며 말했다.

"한국 사람들은 백두산이라고 부르더라고. 우리들은 후지산이라고 부르고."

그러고는 조심스럽게 물었다.

"다른 사람들은?"

어떻게 대답해야 할지 잠시 고민하던 성안나가 대답했다.

"일부는 남고 일부는 이쪽으로 오다가 공격을 받았어."

"공격?"

"응, 넝쿨처럼 생긴 촉수가 사람들 잡아갔어. 안젤라도."

"넌 용케 살아남았구나."

가만히 고개를 끄덕거린 성안나가 입을 열었다.

"동굴 같은 곳으로 굴러떨어졌다가 밖으로 나올 수 있었어. 거기에서 일행과 헤어졌지."

성안나의 얘기를 들은 히라이 겐지가 어깨에 손을 올렸다.

"따라 와."

히라이 겐지가 성안나를 데리고 간 곳은 불시착한 온누리호의 엔진이 있는 후미 쪽이었다. 임시로 세워 놓은 천막 안에 몇 명이 모여 있는 게 보였다. 승객들이 입은 일반용 우주복이 아니라 우주선을 움직이는 사관들이 입는 푸른색 제복이었다. 모여서 얘기를 나누던 그들은 히라이 겐지가 다가오자 대화를 멈추고 쳐다봤다. 천막 앞에 선 히라이 겐지가 멈춰 서서 말했다.

"선장님. 드릴 말씀이 있습니다."

"어서 오게. 겐지 군."

선장이 천막 밖으로 나왔다. 온누리호에 타고 있을 때 몇 번 봤던 얼굴이었다. 이용득 공군 대령이었다. 각진 얼굴에 치켜 올라간 눈초리는 강인하고 고집스러운 군인의 모습을 그대로 보여 줬다. 승객들과 대화를 잘 나누는 편이 아니라서 특별한 기억이 있지는 않았다. 헛기침한 이용득 선장이 히라이 겐지와 함께 온 성안나를 바라봤다.

"무슨 일이지?"

"제 친구 안나가 탈출 캡슐로 착륙했다가 방금 이곳으로 왔습니다. 그런데 오다가 괴물의 공격을 받았다고 했습니다."

"괴물? 어떤 괴물?"

히라이 겐지는 직접 대화를 나누라는 듯 옆으로 빠졌다. 이용득 선장이 성안나에게 물었다.

"어떤 괴물이었지?"

"처, 처음에는 넝쿨인 줄 알았어요. 그런데 스스로 움직여서 일행들을 끌고 갔어요. 저는 동굴 안으로 떨어지면서 살아남았고요."

"넝쿨이 스스로 움직였다고?"

"네, 정확하게는 넝쿨처럼 생긴 촉수였어요. 몸통은 선인장처럼 생겼어요."

"크기는?"

"수십 미터 정도요. 먼발치에서 봐서 정확히는 모르겠어요."

사실 세 개의 부리가 해치웠지만 거기까지 얘기하지는 않았다. 이상한 취급을 당하거나 거짓말이라고 생각할 게 분명했기 때문이다.

"탈출 캡슐 몇 호였지?"

"23호요."

"다른 캡슐들은 본 적 없니? 생존자들은?"

"67호 탈출 캡슐이 같이 내려왔다가 중간에 사라졌어요. 혹시 그 캡슐을 탄 승객이 여기 왔나요?"

고개를 저은 이용득 선장이 말했다.

"그쪽은 아무도 안 왔다. 비상 신호도 끊겼고 말이야."

혹시나 엄마를 만날 수 있지 않을까 생각했던 성안나는 하늘이 무너진 기분이었다. 성안나의 표정을 살핀 히라이 겐지가 조심스럽게 나섰다.

"몸이 좀 안 좋은 모양인데 잠시 쉬게 해도 괜찮겠습

니까?"

이용득 선장이 고개를 끄덕거리는 순간, 천막 안쪽에서 지직거리는 기계음이 들렸다. 슬쩍 들여다본 성안나는 소리를 낸 것이 초단파 무전기에서 나는 소리라는 걸 깨달았다. 천막 안쪽에서 제복을 입은 사관이 외쳤다.

"선장님! 유럽 연합 소속 마그나 카르타호와 통신이 연결되었습니다."

보고를 받은 이용득 선장은 바로 몸을 돌려서 천막 안으로 들어갔다. 성안나와 히라이 겐지 역시 얼떨결에 같이 천막 안으로 향했다. 천막 안에는 온누리호에서 뜯어 온 것 같은 대형 무전기가 테이블 위에 있었다. 지친 표정의 사관들 몇 명이 주변을 둘러싸고 있는 와중에 헤드셋을 쓴 사관이 의자에 앉아서 마이크에 대고 얘기를 하는 중이었다.

"마그나 카르타호! 여기는 온누리호! 비상 접촉 암호를 얘기해 달라. 우리는 4796 간병인이다."

잠시 지직거리더니 무전기와 이어진 스피커에서 기계음이 들렸다.

"여기는 마그나 카르타호. 비상 접촉 암호를 확인했다. 우리는 헨리 8세 해트 트릭이다."

헤드셋을 쓴 사관이 뒤에 선 이용득 선장을 돌아봤다.

"비상 접촉 암호 확인했습니다. 마그나 카르타호가 맞습니다."

"현재 상황과 어디에 착륙했는지 물어봐."

이용득 선장의 지시를 받은 사관이 질문을 하자 잠시 후, 번역이 된 기계음이 들렸다.

"정확한 위치는 현재 우리도 확인하고 있다. 푸른 행성이 동쪽에 보인다."

얘기를 듣자마자 밖으로 나간 이용득 선장이 하늘을 바라다봤다.

"우린 서쪽에서 보인다고 해. 아마 우리랑 반대편에 떨어진 거 같군."

"전달하겠습니다."

"피해 상황도 물어보고."

고개를 끄덕거린 사관이 마이크를 잡고 질문을 던졌다. 잠시 후, 대답이 들렸다.

"우주선이 대기권을 통과하면서 크게 파손되었다. 동체 절반이 떨어져 나갔고, 앞부분만 지상에 불시착했다. 탑승 인원 1천4백 명 중 현재 3백 명이 남아 있다. 우주선은 크게 파손되었지만 생존에 필요한 필수물품들은 확보해 둔 상태다. 온누리호의 상태는 어떤가?"

마그나 카르타호의 물음에 이용득 선장이 직접 마이크

를 잡고 대답했다.

"우리는 글라디우스 행성에 접근하던 중, 원인 불명의 충돌로 선체가 파손되었다. 비상 탈출 프로토콜이 발동되어서 탈출 캡슐들이 사출되었고, 선체는 지표면에 불시착한 상태다. 총인원 4천 명 중 현재 6백 명이 생존해 있다."

선장은 고개를 돌려 성안나를 바라봤다.

"탈출 캡슐을 타고 글라디우스 행성에 내려온 몇몇 생존자들이 도착하는 중이다. 우리도 현재 우주선이 심하게 파손된 상태이며 생존에 필요한 물품들을 모으고 생존자들을 수색하는 중이다. 이상."

지직거리는 소리가 들리는 와중에 이용득 선장을 비롯한 사관들의 표정이 환해졌다. 정확한 위치는 확인할 수 없지만 같은 행성에 도착한 다른 우주선이 있고, 생존자들이 있다는 사실이 확인되었기 때문인 거 같았다. 그 후, 몇 가지 정보들이 오갔는데 일단 푸른 행성이 계속 떠 있어서 지구처럼 낮과 밤이 구분되는 것이 아니라 그냥 환한 낮이 계속 이어지고 있다는 것도 확인되었다. 그 얘기를 들은 이용득 선장이 웃으며 말했다.

"나, 불면증 있는데."

다들 가볍게 웃는 와중에 지직거리며 스피커에서 목소리가 흘러나왔다.

"온누리호는 괴물의 습격을 받지 않았나?"

괴물이라는 단어가 나오자 조금 전까지 웃고 있던 분위기는 순식간에 얼어붙고 말았다. 마이크를 잡은 이용득 선장이 물었다.

"괴물이라니?"

"우리는 불시착 후 괴물의 습격을 두 차례 받았다. 첫 번째는 거대한 거미 같은 괴물이었고, 두 번째는 해골 모양의 큰 새였다. 모두 수십 미터의 크기였고, 엄청난 힘을 가지고 있었다."

"엄청난 힘을 가졌다는 게 무슨 뜻인가?"

"싸우면서 주변을 완전 쑥대밭으로 만들어 놨다. 땅도 엄청나게 파였고, 주변의 나무와 돌도 모두 뿌리 뽑히거나 부서져 버렸다."

이번에도 이용득 선장이 성안나를 바라봤다.

"우리 쪽은 아직 습격을 받지는 않았다. 하지만 근처에서 괴물의 흔적을 발견했다. 그리고 탈출 캡슐에서 이곳으로 온 생존자가 오면서 촉수를 가진 선인장 형태의 괴물을 목격했다고 한다. 이상."

"탐사선에서 괴물에 대한 보고는 없었는데 참으로 이상하다. 오버."

"대응할 만한 무기가 있는가?"

"탑재된 무기는 모두 파손되었고, 호신용 무기로는 제압이 어려운 수준이었다."

"그러면 어떻게 괴물들의 습격을 견딘 것인가?"

잠시 침묵이 이어졌다가 대답이 들려왔다.

"이해하기 힘들지 모르겠지만 다른 괴물들이 나타나서 도와줬다."

"다른 괴물?"

"그렇다. 첫 번째 거미 괴물이 습격했을 때는 거대한 뱀 모양의 괴물이 나와서 물리쳤고, 해골 모양의 큰 새는 거대한 지네처럼 생긴 괴물이 나와서 쫓아 버렸다."

"괴물들끼리 싸운 건가?"

"그런 셈이다. 하지만 나중에 나타난 괴물은 우리에게 피해를 주지 않고 상대방이 사라진 후 조용히 사라졌다. 마치 우리를 지켜 주는 것처럼."

"믿을 수가 없는 일이다. 마그나 카르타."

이용득 선장의 얘기에 잠시 후 대답이 들려왔다.

"이해한다. 우리도 직접 보기 전까지는 받아들이지 못했으니까. 어쨌든 그쪽에도 괴물이 나타날 수 있으니 대비를 하는 것을 권유한다."

"조언 감사하다. 앞으로 여섯 시간마다 통신을 할 것을 제안한다."

"승낙한다. 얼른 서로의 위치를 확인해서 교류하기를 원한다. 오버."

"좋은 정보 고맙다. 행운을 빈다."

통신을 끝낸 이용득 선장은 돌아서서 아랫입술을 깨물었다. 고뇌에 빠진 표정을 지었던 그는 히라이 겐지를 바라봤다.

"겐지 군. 사람들을 모아 주게."

몇 시간 후, 천막 앞에 수백 명의 생존자들이 모여들었다. 히라이 겐지의 말대로 일본인들의 숫자가 눈에 띄게 많았다. 2백 명쯤 되었는데 가운데에 자리를 잡았다. 중국을 비롯한 동남아 그리고 다른 인종들은 대략 백 명 정도 되었고, 나머지는 모두 한국인이었다. 여전히 절반 정도를 차지했지만 처음 출발했을 때의 압도적인 비율보다 훨씬 줄어든 모습이다. 어수선한 분위기는 이용득 선장이 마이크를 들고 나타나면서 조용해졌다. 다들 우주복 혹은 입고 있는 유니폼에 부착된 이어폰을 빼서 귀에 꽂았다. 이용득 선장의 목소리를 듣기 위해서였다.

"안녕하십니까. 생존자 여러분. 오늘 중요한 얘기를 하기 위해 여러분을 모이도록 했습니다. 몇 시간 전에 마그나 카르타호와 연락이 닿았습니다. 정황상 꽤 먼 거리에 떨어져 있는 것으로 보이지만 어쨌든 접촉에 성공했고, 연결할 수 있는 방법을 찾아보겠습니다."

미리 소식을 접했는지 반응은 생각보다 크지 않았다. 하지만 다들 안도하는 표정을 짓는 것이 보였다. 잠시 헛기침을 한 이용득 선장의 얘기가 이어졌다.

"마그나 카르타호에서 전달한 내용이 있습니다. 괴물들이 두 차례 걸쳐서 공격했다가 다른 괴물들의 반격으로 물러났다고 합니다. 탈출 캡슐을 타고 온 생존자들도 괴물들의 공격을 받았다고 말했습니다."

이번에는 아까보다 더 술렁거렸다. 괴물이라는 단어들이 각국의 언어로 오고 가는 게 들렸다. 두 손을 들어서 생존자들을 진정시킨 이용득 선장이 말했다.

"마그나 카르타호의 얘기로는 그때마다 다른 괴물들이 나타나서 도와줬다고 하지만 항상 그런 것을 기대할 수는 없습니다. 우리 역시, 주변에 괴물의 발자국으로 추정되는 흔적을 발견한 상태라서 하루빨리 대책을 세워야 합니다."

이용득 선장의 얘기를 듣고 가장 먼저 손을 든 것은 히라이 겐지 옆에 서 있던 일본인이었다.

"괴물에 대해서는 얼마나 파악되었습니까? 막을 방법은 뭡니까? 장벽을 쌓아야 합니까?"

"크기는 수십 미터에 엄청난 파워를 가지고 있다고 전달받았습니다. 습격을 받은 생존자도 비슷한 얘기를 했기 때문에 우리가 가지고 있는 무기로는 저항이 어렵습니다. 장벽을 쌓는 것 역시 괴물들의 크기가 수십 미터에 힘이 세기 때문에 비효율적입니다."

"그럼 무슨 대책을 세우신 겁니까?"

계속되는 질문에 이용득 선장은 손가락으로 바닥을 가리켰다.

"지하로 들어가는 겁니다. 정확하게는 지하 도시를 만드는 거죠."

예상 밖의 대답에 방금 전과는 비교할 수 없을 정도로 술렁거렸다. 지켜보던 성안나 역시 바닥을 내려다보며 중얼거렸다.

"지하라고?"

술렁거림이 가라앉자 이용득 선장이 말을 이어갔다.

"괴물은 덩치가 크기 때문에 입구를 작게 만들어 놓으면 들어오지 못할 겁니다. 그게 아니라고 해도 어떠한 외부의 위협에 맞설 수 있는 가장 좋은 방법은 숨는 거죠."

"쥐새끼처럼 땅속에 들어간단 말입니까?"

일본인들을 중심으로 웃음소리가 터져 나왔다. 웃음이 가라앉을 때까지 조용히 기다리던 이용득 선장이 얘

68

기했다.

"그럼 좋은 방법이 있습니까? 다나카 씨?"

갑작스러운 질문에 다나카가 우물쭈물했다. 그러자 이용득 선장이 바로 덧붙였다.

"우린 이 행성에서 쥐새끼 같은 존재입니다. 그러니까 좀 더 겸손해질 필요가 있지요."

비아냥거리는 웃음소리 속에서 다나카는 주변의 동료들과 눈빛을 주고받았다. 그러고는 손을 들고 외쳤다.

"우리들끼리 작업하겠습니다. 장비와 기계를 지급해 주십시오."

"인원수에 맞춰서 공평하게 지급하겠습니다."

몇 가지 이야기가 더 이어진 뒤 회의가 끝났다. 일본인들은 다나카를 중심으로 모여서 얘기를 나눴다. 히라이 겐지 역시 잠깐만이라는 얘기를 하고는 그들 사이에 합류했다. 그걸 지켜보던 이용득 선장이 성안나에게 다가왔다.

"일단 오늘은 쉬고, 내일부터 같이 일을 해야겠다. 다들 일을 하지 않고 쉬는 것에 대해서 아주 민감하게 생각한단다."

"알겠습니다."

"안내원이 숙소로 안내해 줄 테니, 자세한 내용은 안내원에게 들거라."

안쓰러운 눈으로 성안나를 바라보던 이용득 선장이 천
막 쪽으로 돌아갔다. 잠시 후, 안내원이라는 전자 명찰을
단 엄마 또래의 여성이 다가왔다. 안내원은 성안나의 한
쪽 팔을 살짝 잡고는 숙소 쪽으로 이끌었다. 숙소는 거주
블록을 비롯한 온누리호의 파편들로 만든 움막이었다. 먼
저 자리 잡은 생존자들이 무표정한 얼굴로 그녀를 맞았
다. 혹시나 엄마 소식을 들을까 봐 성안나는 이것저것 물
어봤지만 시큰둥한 대답만 돌아왔다. 예상 밖의 차가운
반응에 놀란 성안나에게 안내를 맡은 여성이 조심스럽게
말했다.

"사실, 반감들이 좀 있어."

"무슨 반감이요?"

"탈출 캡슐은 자동으로 작동되잖아. 시간이 되면 문이
폐쇄되고 말이야."

"그렇죠."

"여기 남은 사람들은 탈출 캡슐에 제시간에 타지 못했
거든. 그래서 죽는 줄 알았을 거야. 다행히 우주선이 불시
착하면서 살아났지. 하지만 그 와중에 가족이나 친구들을
잃은 사람이 많아."

"그렇겠죠."

불시착한 우주선 상태를 보면 사망자와 부상자가 적지 않았을 것이라고 짐작할 수 있었다. 그런 성안나의 표정을 읽었는지 안내를 맡은 여성이 온누리호 뒤쪽의 언덕을 가리켰다.

"저기에 사망자들을 한꺼번에 묻었어. 부상자들도 지금 제대로 치료를 받지 못하고 있고 말이야. 그런 걸 다 겪었는데 자기들만 살겠다고 먼저 탈출 캡슐에 들어간 사람이 돌아온 거잖아."

"우린 규칙대로 한 것뿐이라고요."

"나도 탈출 캡슐이 지정되어 있었어. 26호. 그런데 왜 못 탔는지 알아?"

성안나가 고개를 젓자 안내를 맡은 여성이 무덤 쪽을 바라보며 대답했다.

"아들이 못 탔거든, 그래서 나도 안 탔어. 그런데 아들이 죽었지 뭐야. 내 품 안에서 말이야."

"죄, 죄송해요."

"아가씨가 죄송할 건 없지. 그런데 울고 있는 아들을 끌어안고 다독거리는데 탈출 캡슐이 내려가는 걸 보면서 내가 무슨 생각을 했는지 알아요?"

놀란 성안나가 입을 틀어막고 고개를 저었다. 그러자 무덤에서 눈을 뗀 안내를 맡은 여성이 대답했다.

"나도 저걸 탈 걸이라는 생각이 들었어. 손으로는 겁에 질린 아들을 다독거리면서 말이야. 그런데 탈출 캡슐을 탔던 사람이 돌아왔으니 감정이 복잡해. 그런 감정들을 가졌었던 내가 밉고 그걸 떠오르게 한 사람도 밉고 말이야. 이해하겠어?"

"무, 물론이죠."

성안나의 대답을 들은 그녀는 아들이 묻힌 무덤에서 눈을 뗐다.

"지옥 같은 지구에서 빠져나왔을 때 정말 행복했었어. 새로운 땅에 가서 새로운 삶을 시작할 수 있으리라 생각했지. 그런데 와 보니까."

한숨을 푹 쉰 그녀가 허망하고 넋이 나간 말투로 덧붙였다.

"지옥이네. 지옥."

"그래도 희망을 잃지 마세요."

조심스러운 성안나의 위로에 그녀는 목이 메었는지 울컥했다.

"희망, 너무 좋은 말이지. 그런데 멀게 느껴지네. 쉬어요. 아가씨. 이따 모일 일이 있으면 종소리 같은 게 날 거야."

"알겠어요."

"늦으면 안 돼. 그러면 찍혀서 진짜 괴로워질 거야."

"명심하겠습니다."

성안나의 공손한 대답을 들은 그녀는 자신의 이름이 박민영이라고 얘기해 주고는 자리를 떴다. 온누리호의 부서진 파편으로 만든 움막으로 들어간 성안나는 침대처럼 만들어진 패널 위에 몸을 눕혔다. 햇빛이 가려지면서 비로소 휴식이라는 감정을 느낄 수 있었다. 물론, 낯선 땅에 엄마와 친구도 없이 홀로 있는 것이라 마음은 여전히 요동쳤다. 무엇보다 아까 자신을 안내해 준 엄마 또래의 박민영이 했던 말이 계속 머리에 맴돌았다.

'지구가 지옥인 줄 알았더니 여기가 지옥이라고?'

세 개의 부리

작업은 다음 날부터 시작되었다. 우주선 부속품으로 만든 종이 울리고 사람들이 모이자 사관들이 부품을 뜯어서 만든 삽과 곡괭이를 나눠 줬다. 그걸로 온누리호 주변 땅을 파야만 했다. 사람들의 투덜거림이 작게 일어났지만 일하지 않으면 배급을 주지 않겠다는 협박 아닌 협박으로 모든 불만을 잠재웠다. 사람들은 조를 짜고 온누리호 근처 평평한 땅을 몇 군데로 나눠서 땅을 파기로 했다. 성 안나가 속한 조의 조장은 천만다행으로 박민영이었다. 시간이 지나자 탈출 캡슐을 타고 온 생존자들에 대한 반감도 누그러졌다. 누굴 미워하기에는 할 일이 너무 많았기 때문이다. 다행스럽게도 땅이 딱딱한 편은 아니라서 쉽게

팔 수 있었다. 처음에는 중구난방이었지만 곧 몇 명씩 팀을 이뤄서 땅을 파거나 흙을 옮기는 일을 했다. 그 와중에 성안나는 미묘한 갈등을 목격했다. 한국인과 일본인, 중국인과 동남아시아와 기타 인종으로 나눠진 채 작업을 했는데 서로 별다른 교류나 대화가 없었다. 성안나가 속한 조의 바로 옆에서 일본인들이 땅을 팠다. 거기에는 히라이 겐지도 있었다. 하지만 주변의 눈치를 보는 탓에 좀처럼 아는 척을 하지 않았다. 쉬는 시간이나 식사 시간에도 따로 교류하지 않았다. 싸늘한 감정만이 오갔는데 살아남았다는 것에 지쳤다는 느낌을 받았다. 그리고 묘한 긴장감과 함께 경쟁심이 양쪽을 휩쓸었다. 온누리호를 타고 오는 내내 기를 못 펴던 일본인들은 무시할 수 없는 숫자를 앞세워서 목소리를 높였다. 그리고 그걸 한국인들이나 중국인들은 내내 불편하게 여겼다. 하지만 한국인과 중국인들 사이도 그다지 좋은 편은 아니었다. 보이지 않는 숨막히는 갈등 속에서 서로 남들보다 빨리 땅을 파는 일에 몰두했다.

사흘째 되는 날, 뜻밖의 일이 벌어졌다. 헤어졌던 강도준이 나타난 것이다. 순찰대가 데려온 강도준은 지쳐 보였지만 크게 다친 곳은 없었다. 이번에도 이용득 선장이 직접 만나서 얘기를 나누고, 강도준은 성안나가 있는 조

에 배치되었다. 쉬는 시간에 빵과 물을 받은 성안나가 강
도준 옆자리에 앉았다.

"어떻게 된 거예요?"

"내가 묻고 싶은데. 그건?"

"안젤라랑 같이 동굴로 피했어요."

"그것까지는 봤어. 그런데 어떻게 나보다 먼저 왔지?
물어보니까 엄청나게 빨리 온 거 같던데."

의심 가득한 강도준의 물음에 성안나는 우물쭈물하다
가 대답했다.

"동굴 안쪽이 길게 이어져 있었어요. 동굴에서 바람이
나오는 곳으로 걸어서 나왔어요."

"그랬구나. 넝쿨에 붙잡힌 사람들은 안개 낀 허공으로
끌려 올라갔어. 나도 발목이 붙잡혔는데 바위를 붙잡고
버티는 바람에 안 끌려갔지. 그리고 무작정 걸어서 여기
까지 온 거야."

"다른 사람들은요?"

"아무도 못 봤어."

차갑고 무덤덤한 대답을 듣는데 여기저기 흩어져서 쉬
고 있던 사람들이 일제히 하늘을 올려다봤다. 글라디우스
행성의 하늘은 구름 한 점 없는 녹색과 파란색의 중간이
었다. 순간 그 하늘을 가로질러서 거대한 우주선이 불길

에 휩싸인 채 가로질러서 떨어지고 있었다. 성안나가 놀란 눈으로 바라보며 중얼거렸다.

"뭐지?"

"인도나 남미에서 보낸 우주선일 거야."

"온누리호처럼요?"

"응, 기술력이 떨어진 나라에서는 온누리호나 다른 우주선들을 복제해서 만드느라 늦어졌거든. 우리가 출발하고 나서 뒤따라올 것이라는 얘기는 들었어. 그런데 진짜로 올 줄은 몰랐네."

"대기권을 돌파하다가 문제가 생겼나 봐요."

"그러게. 전부 제대로 착륙하지 못했어. 온누리호부터 모두 다."

마른침을 삼키며 얘기한 강도준이 덧붙였다.

"마치 이 행성이 외부에서 온 존재들을 막는 거 같아."

"하지만 우리들은 무사히 살아남았잖아요."

성안나의 반문에 강도준이 차갑게 웃었다.

"우릴 먹잇감이나 작은 벌레쯤으로 생각했을 수도 있지."

생각만 해도 끔찍했지만 뭐라고 반박할 수 없었던 성안나는 입을 다문 채 하늘을 올려다봤다. 지구 어디선가 보낸 우주선은 길게 연기를 내뿜으며 지상으로 떨어졌다. 진동이 느껴질 정도로 가까운 곳에 떨어진 것 같았지만 연기가 너무 많이 치솟아서 위치를 정확하게 파악할 수 없었다. 사람들이 웅성거리면서 천막 앞으로 모여들자 이용득 선장이 정찰대를 곧 파견하겠다면서 하던 일을 계속하라고 했다. 강도준이 삽을 어깨에 걸치며 성안나에게 물었다.

"얼마나 살아남았을까?"

"온누리호도 생각보다 많이 살아남았잖아요. 큰 폭발은 없었으니까 꽤 살아남았겠죠."

"이상하지 않아?"

불쑥 밀고 들어온 강도준의 물음에 성안나가 반문했다.

"뭐가요?"

"우주선들이 모두 불시착했고, 생존자들이 꽤 남았다는 게 말이야."

"우리가 모르는 이유가 있겠죠."

"내 생각에는 말이야."

강도준이 얼굴을 찡그린 채 땅과 하늘을 바라보다가 덧붙였다.

"이 행성은 포식자 같아."

"우릴 잡아먹을 거 같아요?"

안나 역시 얼굴을 찡그린 채 묻자 강도준이 한숨을 쉬

었다.

"벗어날 수 없는 상태라서 이미 잡아먹힌 셈이지. 단지 일찍 먹히느냐 늦게 먹히느냐의 차이만 있을 거야."

가뜩이나 힘든데 부정적인 얘기를 듣자 더 지쳤다. 성 안나는 강도준과 떨어지려고 발걸음을 빨리했다. 이런저런 일들 때문인지 작업을 중단하고 휴식을 취하라는 지시가 내려졌다. 숙소로 돌아온 성안나는 침대로 쓰는 패널에 벌렁 누웠다. 하루 종일 땅을 파느라 힘들었지만 강도준의 얘기와 이곳으로 오다가 겪은 일이 겹치면서 좀처럼 잠이 들 수 없었다. 억지로 잠을 청했지만 해가 떨어지지 않는 글라디우스 행성에서 잠을 자기는 쉽지 않았다.

잠이 들었던 성안나는 메아리처럼 들려오는 비명에 눈을 떴다. 숙소로 쓰는 움막 밖으로 나온 성안나는 거대한 실루엣을 보고는 입을 다물지 못했다.

"저, 저건!"

지하로 떨어졌을 때 봤던 거대한 석상 중 하나였다. 석상보다 더 큰 몸집이라 육중함을 넘어서 거대하다는 표현이 맞을 정도로 컸다.

"날개 달린 오랑우탄?"

짙은 회색 몸통에 털이 잔뜩 나 있었고, 얼굴은 오랑우탄과 침팬지의 중간쯤이었다. 어깨에는 거대한 날개가 달렸는데 날개가 꺾이는 부분에 뿔인지 입인지 알 수 없는 것이 도드라져 있었다. 부서진 온누리호 앞에 나타난 오랑우탄 괴물은 거대한 두 팔을 휘저으며 괴성을 질렀다. 눈에 보이지 않는 파동 같은 게 퍼지면서 땅이 들썩거리고 나무가 흔들렸다. 온누리호의 파편으로 만든 움막 같은 숙소들이 종잇장처럼 날아갔다. 게다가 괴물이 내뿜는 괴성에 사람들은 고막이 찢어질 것처럼 고통스러웠다. 성안나는 두 손으로 귀를 가린 채 몸부림을 쳤다.

"아, 아파."

실제로 귀에서 피를 흘리며 주저앉는 사람도 보였다. 소리를 질렀던 오랑우탄 괴물은 성큼성큼 걸어와서는 온누리호의 잔해를 두 팔로 내리쳤다. 티타늄으로 만든 온누리호의 프레임은 순식간에 부서졌다. 앞을 가리고 있는 장애물을 치운 오랑우탄 괴물은 성큼성큼 앞으로 다가왔다. 그러다 갑자기 멈춰 서서 날개를 활짝 펼쳤다. 부서진 패널 아래 숨어 있던 성안나는 위를 올려다보면서 중얼거렸다.

"날아가려는 거야?"

성안나의 예상과는 달리 오랑우탄 괴물은 하늘로 날아가지 않았다. 대신 날개 중간쯤에 있는 입에서 파란색 정체불명의 물을 사방에 뿌렸다. 괴물은 날개를 흔들어서 파란색 물이 더 멀리 퍼질 수 있도록 했다. 파란색 물은 산성이 있는지 물을 맞은 바닥이나 온누리호의 파편이 연기를 뿜으며 타들어 갔다.

"맙소사."

미처 피하지 못한 사람들은 온몸에서 연기가 피어오르면서 녹아내렸다. 사라지기 직전에 그들이 지른 비명이 안개처럼 퍼졌다. 성안나 역시 덮어쓰고 있던 패널이 서서히 녹아내리는 중이었다.

"이러다 한 번 더 뿌리면 나도 녹겠어."

서둘러 피할 곳을 찾아야만 했다. 주변을 살펴보던 성안나 눈에 강도준이 보였다. 근처에 파 놓은 땅굴에 들어가 있던 강도준은 얼른 오라는 손짓을 했다. 거리가 생각보다 멀어서 주저하던 그녀는 심호흡하고는 패널에서 벗어났다. 땅에 떨어진 파란색 물에서 악취가 풍겨 왔고, 반쯤 녹은 사람들이 고통에 몸부림치는 끔찍한 광경을 지나쳤다. 하지만 달리던 성안나는 미끄러지면서 그대로 넘어지고 말았다.

"아야!"

무릎을 털면서 일어나려는데 오랑우탄 괴물의 울음소리가 들렸다. 그리고 다시 날개를 펼치는 걸 본 성안나는 다급하게 다시 뛰려고 했지만 발이 엉키는 바람에 또 넘어지고 말았다. 쓰러진 그녀의 눈에 날개를 펼치는 오랑우탄 괴물이 보였다. 아까처럼 모든 걸 녹이는 파란색 물을 뿌리려는 것 같았다.

"아, 안 돼!"

최후를 직감한 성안나는 손으로 얼굴을 가렸다. 날개를 펼친 오랑우탄 괴물이 괴성을 질렀다. 날개 중간에 달린 입에서 파란색 물이 위로 솟구치는 게 보였다. 오랑우탄 괴물이 날개를 털어 대기 시작하자 파란색 물은 사방으로 흩뿌려졌다. 성안나는 다가올 고통을 참으려고 눈을 질끈 감은 채 이를 악물었다. 그런데 눈을 감기 직전 갑자기 그림자가 드리워졌다. 항상 해가 떠 있는 글라디우스 행성이라 예상치 못한 일이었다. 그리고 그 그림자가 파란색 물을 막았다. 두둑 하고 서로 부딪치는 소리가 들렸다.

"어?"

눈을 살짝 뜬 성안나의 눈에 한쪽 날개를 펼친 세 개의 부리가 보였다. 그걸 본 성안나는 반가움과 고마움에 큰 소리를 냈다.

"고마워!"

성안나의 목소리를 들었는지 세 개의 부리가 울음소리

를 한 번 내고는 날개를 펼쳤다. 사람이나 금속도 녹이는 오랑우탄 괴물의 파란색 물은 비늘로 된 날개에 아무런 상처를 내지 못했다. 공격을 가볍게 막아낸 세 개의 부리는 비늘로 된 날개를 가볍게 좌우로 흔들었다. 그러자 날개에 붙은 비늘이 마치 화살처럼 오랑우탄 괴물에게 날아갔다.

"우와!"

예상치 못한 공격 방식에 성안나가 감탄하는 사이 오랑우탄 괴물이 굵은 팔뚝을 엑스 자로 교차해 얼굴을 가렸다. 팔뚝에 몇 개의 비늘이 박혔고, 다른 몇 개는 어깨와 날개에 맞고 튕겨 나갔다. 찡그린 표정으로 팔뚝에 꽂힌 비늘을 뽑아낸 오랑우탄 괴물은 입을 잔뜩 벌린 채 소리를 질렀다.

"아! 파장 공격이네."

보이지 않는 파장이 세 개의 부리를 향했다. 하지만 세 개의 부리는 비늘로 된 날개로 몸을 감싼 채 버텨냈다. 몇 걸음 뒤로 밀려났지만 큰 타격을 받은 것 같지는 않았다. 오랑우탄 괴물의 파장 공격을 견뎌 낸 세 개의 부리는 옆 걸음으로 움직였다. 그러면서 오랑우탄 괴물의 시선을 성안나와 사람들에게서 벗어나게 했다. 오랑우탄 괴물이 다시 입을 한껏 벌리며 파장 공격을 했다. 옆으로 벗어나 있는 성안나조차 귀를 막을 정도로 강력한 파장이었지만 세 개의 부리는 날개를 활짝 펼치고 날아오르는 것으로 피했다. 하늘로 뜬 세 개의 부리는 하나로 부리를 합친 다음에 파장을 뿜었다.

"지난번 선인장 괴물을 공격할 때 썼던 거네?"

오랑우탄 괴물의 파장이 눈에 보이지 않았다면 세 개의 부리가 쏜 파장은 마치 담배 연기로 만든 도넛 모양처럼 명확하게 보였다. 미처 피하지 못한 오랑우탄 괴물은 괴성을 지르며 뒤로 벌렁 넘어졌다. 수십 미터에 달하는 키에 육중한 몸이라 넘어질 때 엄청난 진동이 느껴졌고, 파편들이 사방으로 날아들었다. 숨어 있던 사람들이 사방으로 날아가면서 내는 비명이 아스라이 들려왔다. 세 개의 부리는 넘어진 오랑우탄 괴물을 육중한 두 발로 내리찍었다. 연약한 새의 다리가 아니라 털이 잔뜩 달린 굵은 다리라서 오랑우탄 괴물을 충분히 제압했다. 일어나려고 발버둥을 치는 오랑우탄 괴물의 머리와 가슴을 두 발로 연달아 찍어 대던 세 개의 부리가 다시 부리를 하나로 합쳤다. 그걸 본 성안나가 중얼거렸다.

"끝장내려는구나."

세 개의 부리가 하나로 합쳐지고 활짝 벌려졌다. 도넛 모양의 파장을 쏴서 쓰러진 오랑우탄 괴물을 끝장낼 생각

같았다. 그런데 파장을 쏘기 직전 누워서 꼼짝 못 하고 있던 오랑우탄 괴물이 갑자기 벌떡 일어났다.

"저런, 속임수였네."

괴물들이 생각보다 영리하고 교활하다는 생각하던 성안나의 눈에 오랑우탄 괴물이 세 개의 부리를 미친 듯이 몰아붙이는 게 보였다. 커다란 주먹으로 몸통과 머리를 때렸는데 상대적으로 체구가 작은 세 개의 부리는 심하게 밀리는 모습을 보였다. 특히 부리가 있는 얼굴을 맞았을 때는 목이 부러질 것처럼 꺾어졌고, 부리 하나가 날아가 버렸다.

"안 돼!"

성안나의 절규와는 달리 오랑우탄 괴물은 쉴 틈을 주지 않고 세 개의 부리를 밀어붙였다. 그러다가 세 개의 부리가 견디지 못하고 쓰러지자 두 팔로 잡아서 내동댕이쳤다. 던진 쪽이 하필이면 성안나가 숨어 있는 쪽이었다.

"엄마야!"

놀란 성안나는 황급히 엎드렸다. 그녀의 머리 위로 날아간 세 개의 부리는 나무들을 부러뜨리며 떨어졌다. 세 개의 부리를 던진 오랑우탄 괴물은 성큼성큼 걸어가서는 쓰러진 세 개의 부리를 잡아 세웠다. 그리고 얇은 목을 두 손으로 잡아서 비틀었다. 아예 목을 뽑아 버릴 기세라서 성안나는 옆에 있던 돌을 집어서 던졌다.

"그만 해! 나쁜 괴물아!"

하지만 돌은 오랑우탄 괴물에게 도달하지 못했다. 설사 맞췄다고 해도 별다른 느낌도 없었겠지만 화가 난 성안나는 펄쩍펄쩍 뛰면서 돌을 던졌다. 성안나의 절규와는 반대로 오랑우탄 괴물은 세 개의 부리의 목을 쥐어짜서 비틀었다. 세 개의 부리는 고통스러운 듯 입을 한껏 벌린 채 괴성을 질렀다. 거기다 오랑우탄 괴물의 날개가 활짝 펼쳐지면서 중간에 달린 입이 모습을 드러냈다. 모든 걸 녹이는 파란색 물이 나오는 곳이었다.

"아까는 비늘이 달린 날개로 막았지만……."

지금은 붙잡힌 상태라 얼굴에 그대로 맞을 수 있었다. 성안나는 자신을 도와줬던 세 개의 부리가 오랑우탄 괴물 손에 최후를 맞이하는 모습을 차마 볼 수 없었다. 고개를 돌리려는 순간, 오랑우탄 괴물 날개에 달린 입에서 파란색 물이 얼굴을 향해 뿜어져 나왔다. 하지만 그걸 예상한 듯 세 개의 부리는 머리에 있는 투구 같은 걸 내렸다. 얼굴을 완전히 가린 세 개의 부리는 파란색 물의 공격을 잘 견뎠다. 그리고 예상 밖의 상황에 놀란 오랑우탄 괴물이 우물쭈물하는 사이에 날개를 확 펼쳐서 오랑우탄 괴물의 두 날개를 잘라버렸다. 파란색 물을 뿜어내는 입이 정확히 두 동강이 나면서 잘린 날개가 바닥으로 떨어졌다. 날개가 잘린 오랑우탄 괴물은 고통에 못 이겨 울부짖으면서 세 개의 부리 목을 죄고 있던 손을 놓고 말았다. 반격의 기회를 맞이한 세 개의 부리는 두 발로 오랑우탄 괴물의 가슴팍을 걷어차서 거리를 벌렸다. 그리고 부러진 한 개의 부리를 뺀 두 개의 부리를 합쳐서 파장을 날렸다. 부리 하나가 부러져서 위력은 떨어졌을지 모르지만 가까운 거리라서 큰 타격을 준 것 같았다. 두 팔을 허우적거린 오랑우탄 괴물은 힘없이 뒤로 넘어졌다. 그걸 본 세 개의 부리는 날개를 펼쳐서 날아올랐다. 그리고 쓰러진 오랑우탄 괴물을 내리찍었다. 엄청나게 세게 부딪치면서 자욱한 먼지가 폭풍처럼 날아왔다. 놀란 성안나는 날아가지 않기 위해 바닥에 납작 엎드려야만 했다. 폭풍이 지나간 후, 머리에 묻은 흙먼지를 털어 낸 성안나의 눈에 놀랄 만한 광경이 보였다.

"뭐, 뭐야?"

세 개의 부리가 두 다리로 오랑우탄 괴물을 움켜쥔 채 하늘로 올라가는 중이었다. 힘겨워하긴 했지만 멈추지 않고 위로 올라가서는 마침내 수백 미터 정도 떠오르는 데 성공했다. 오랑우탄 괴물은 발버둥을 쳤지만 두 날개도 잘려졌고, 위가 아닌 아래로 향한 채 들려졌기 때문에 입으로 파동 공격을 할 수도 없었다.

"떨어뜨릴 셈인가?"

성안나의 중얼거림을 듣기라도 한 듯 세 개의 부리가
두 다리를 놨다. 그러자 오랑우탄 괴물은 두 팔과 다리를
허우적거리며 지상으로 떨어졌다. 충격을 예상한 성안나
는 눈을 감고 고개를 돌렸다. 예상대로 어마어마한 충격
파가 느껴졌다. 폭풍도 아까보다 훨씬 크게 불어와서 몇
번이나 나뒹굴었다. 겨우 정신을 차란 성안나는 오랑우탄
괴물이 떨어진 곳을 바라봤다. 몸통이 보이지 않을 정도
로 깊게 파인 걸 본 성안나가 중얼거렸다.

"죽었나?"

그런데 놀랍게도 오랑우탄 괴물은 죽지 않았다. 떨리
는 손으로 자신이 떨어지면서 생긴 구덩이에서 나온 오랑
우탄 괴물은 파란색이 온몸을 뒤덮은 상태였다.

"저게 피였네."

성안나의 추측대로 파란색 피로 범벅이 된 얼굴을 세
게 턴 오랑우탄 괴물은 힘겹게 도망쳤다. 하늘로 날아오
른 세 개의 부리는 날개를 펄럭거리며 지켜봤지만 따로
공격하지는 않았다. 오랑우탄 괴물이 사라지고 나서는 온
누리호의 잔해가 있는 장소를 한 바퀴 천천히 돌았다. 펼
친 날개가 백 미터는 너끈히 넘어서 잔해 주변을 완전히

그림자로 덮어 버렸다. 마지막으로 괴성을 지른 세 개의 부리는 지평선 너머로 사라졌다. 세 개의 부리가 사라지고도 한참이 지나서야 사람들이 모습을 드러냈다. 성안나는 마치 자신이 싸운 것처럼 지쳐서 숨을 몰아쉬며 주저앉았다. 그런 성안나에게 가장 먼저 달려온 것은 강도준이었다.

"괜찮아?"

"네."

"진짜 조금만 늦었어도 큰일 날 뻔했어."

"그러게요."

둘이 얘기를 주고받는 사이에 생존자들이 하나둘씩 모습을 드러냈다. 그동안 괴물에 대한 얘기만 들었던 그들은 직접 목격하자 큰 충격을 받은 듯했다. 특히, 조장인 박민영은 놀랐는지 입을 다물지 못했다. 성안나는 자신 역시 온전치 못한 상태였지만 그런 그녀가 걱정되어서 다가갔다.

"괜찮아요?"

박민영은 벌게진 얼굴로 그녀를 바라보다가 갑자기 구토를 했다. 너무 충격을 받은 것 같아서 속에 있는 걸 게운 것이다. 성안나는 박민영의 등을 토닥거려 줬다. 강도준은 그런 둘을 바라보다가 괴물들이 싸운 곳을 바라봤다.

"여기 올 때 공격한 넝쿨 괴물은 얘들이랑 상대도 못 하겠네."

이미 넝쿨 괴물이 세 개의 부리에게 당한 것을 알고 있었지만 차마 얘기하지 못한 성안나는 고개를 끄덕거릴 수밖에 없었다.

"그러게요."

"어디서 이런 괴물들이 나타난 걸까? 탐사선이 관측했을 때 못 봤을 리가 없는데 말이야."

"숨어 있다가 나타났겠죠."

"그래도 이렇게 덩치가 큰 괴물들을 보지 못했다는 건 이상해."

연신 고개를 갸웃거린 강도준은 괴물들이 사라진 방향을 바라보면서 덧붙였다.

"기껏 4광년 넘게 왔더니 또 다른 지구가 아니라 지옥이야."

강도준의 얘기를 들은 성안나가 말했다.

"너무 부정적으로만 생각하지 말아요. 방법이 있겠죠."

"인간들은 사냥당하는 바퀴벌레 같은 존재로 살아남겠지. 이 행성에서 말이야."

음산하고 어두운 말을 내뱉은 강도준은 그 자리에 힘

없이 주저앉았다. 박민영은 멈췄던 구토를 이어 갔고, 주변의 사람들 역시 충격에서 헤어나지 못하는 중이었다. 하지만 이상하게도 성안나는 마음이 차분했다.

'어떻게든 엄마를 찾을 거야. 그전에는 절대 포기 못 해.'

그리고 세 개의 부리가 자신이 위기에 처할 때마다 나타나서 도와준 것도 희망을 포기하지 않은 이유였다. 괴물들의 난투극으로 인한 소동이 가라앉자 다시 집합 신호가 울렸다. 이번에는 이전보다 더 빨리 그리고 더 많은 사람들이 천막 앞으로 모였다. 천막은 온누리호 싸움의 여파인지 옆으로 무너져 있었고, 이용득 선장은 머리에 붕대를 감은 채 나타났다. 이번에는 웅성거림이나 질문을 하는 사람도 보이지 않았다. 이용득 선장이 붕대를 감은 머리를 매만지면서 입을 열었다.

"소문으로만 듣던 괴물이 드디어 우리 눈앞에 나타났습니다. 현재 피해 상황을 확인하는 중입니다만 다행히 두 마리가 서로 싸우는 바람에 어부지리로 우리를 지나갔습니다. 하지만 매번 그런다는 보장은 없는 상황이니까 대책이 필요합니다."

이번에도 다나카라는 일본인이 물었다.

"어떤 대책이요? 밟히면 그냥 으깨져 버릴 거 같던데요."

"맞서 싸우는 건 현재로서는 불가능합니다. 온누리호

가 파손되어서 장착된 무기를 사용할 수 없고, 호신용 무기 정도로는 흠집도 내지 못할 거 같으니까요. 그래서 일단 지하 공간을 만드는 작업에 박차를 가할 생각입니다."

"그걸로 되겠습니까?"

"일단 현재로서는 숨는 게 최선의 대책 같습니다."

"하지만 손으로 파는 걸로는 시간이 부족합니다. 언제 다시 나타날지 모르잖아요."

"순찰대를 편성해서 주변을 살펴서 유사시에 미리 대처할 수 있게 하겠습니다. 일본인들도 인원을 차출해 주십시오."

"그러면 작업이 늦어집니다."

"그러면 일본인들에게만 경보를 드리지 않아도 되겠습니까? 우리는 대책을 세워야 합니다. 딴지 놓는 게 아니라."

이용득 선장의 말에 다나카가 아랫입술을 꾹 깨물었다. 일종의 경고이자 도발이었는데 눈에 보이지 않지만 선명하게 보이는 팽팽한 긴장감이 흘렀다. 결국 다나카가 알겠다고 대답하는 것으로 긴장감은 막을 내렸다. 기싸움에서 승리한 이용득 선장이 마이크를 잡고 이야기를 계속했다.

"괴물들이 나타나기 전에 추락한 우주선은 남부 유럽 연합이 발사한 이베리아호로 확인되었습니다. 추락 위치는 이곳에서 약 30킬로미터 정도 떨어진 곳으로 보입니다. 조사대를 파견해서 생존자들을 구조할 생각입니다. 지원자 있으십니까?"

잠시 웅성거림이 생기는 가운데 성안나는 손을 들었다. 그걸 본 강도준도 따라서 손을 들었고, 멀리서 그걸 보던 히라이 겐지 역시 손을 들었다. 이용득 선장이 열 명 정도의 지원자를 받아들인 다음에 천막으로 불러들였다. 성안나가 움직이자 강도준이 따라붙으면서 물었다.

"위험한데 왜 지원했어?"

"땅 파는 게 지겨워서요. 아저씨는요?"

성안나의 물음에 강도준은 어깨를 으쓱거리며 대답했다.

"땅 파는 게 지겨워서."

피식 웃은 둘은 천막 안으로 들어갔다. 기다리고 있던 이용득 선장이 손바닥만 한 기계를 내밀었다.

"모션이라는 위치 추적 장치입니다. 써 본 사람이 있습니까?"

눈치를 보던 와중에 강도준이 손을 들었다. 그러자 이용득 선장이 모션을 넘겨줬다.

"이베리아호의 위치를 입력했습니다. 기계의 화면에 나오는 방향대로 걸어가면 됩니다. 물론 지형은 확인할 수 없지만 말이죠."

"드론을 띄워서 확인하면 되지 않습니까?"

강도준의 물음에 이용득 선장이 고개를 저었다.

"이유는 알 수 없지만 띄우자마자 떨어집니다. 통신은 잘되는 편인데 말이죠. 그리고."

천막 밖의 태양열 패널을 가리킨 그가 덧붙였다.

"하루 종일 해가 떠 있긴 하지만 지구보다 태양 에너지의 효율이 여덟 배나 높습니다."

"모든 게 뒤죽박죽이네요."

성안나의 말에 붕대를 쓴 머리에 모자를 고쳐 쓴 이용득 선장이 말했다.

"그래도 숨을 쉬고 살 수 있으니까요. 적응하기 나름 아니겠습니까? 일단 에너지를 확보했으니까 생존에 큰 힘이 될 겁니다."

설명을 듣던 히라이 겐지가 물었다.

"이베리아호의 추락 현장으로 가서 뭘 확인하면 됩니까?"

"우주선의 상태와 생존자들이 있는지 알아봐 주십시오. 무전기를 드릴 테니까 그걸로 보고해 주십시오."

강도준이 물었다.

"생존자들을 여기로 데려옵니까?"

"그건 일단 보류하겠습니다. 여기도 괴물의 습격을 받

는 상황이라서 안전하지 못하니까요."

"그들이 구호나 도움을 요청하면 어떻게 대답합니까?"

"일단 현황을 파악한다고 해 주십시오. 따라온다고 해
도 거부하셔야 합니다."

"강제로 말입니까?"

잠깐 고민하던 이용득 선장이 말했다.

"최대한 정중하게요."

뭔가 말하려던 강도준이 고개를 끄덕거렸다.

"알겠습니다. 바로 출발하겠습니다."

"비살상 무기를 나눠드리겠습니다. 하지만 가급적 사
용은 하지 말아주십시오."

이용득 선장이 고개를 끄덕거리자 사관 한 명이 상자
안에서 총을 두 자루 꺼냈다. 강도준과 히라이 겐지가 각
각 한 자루씩 챙겼다. 두 사람이 총을 챙긴 걸 본 이용득
선장이 말했다.

"전자파 스턴 건입니다. 사람에게 쏘면 충격파로 몇 분
간 기절시키거나 아니면 무력화시킬 수 있습니다."

"괴물들을 만나면요?"

"잘 피하십시오. 그건 제가 어떻게 도와드릴 수가 없
네요."

씩 웃은 이용득이 사관에게 식량과 물을 지급하라는

지시를 내렸다. 천막 밖으로 나온 성안나에게 박민영이 다가왔다.

"위험한데 왜 간다고 했어?"

"그냥 심심해서요."

"휴, 아무래도 여길 잘못 왔나 봐."

괴물을 본 이후, 아예 다른 사람처럼 변해 버린 박민영을 성안나가 다독거렸다.

"다시 돌아갈 수는 없잖아요. 어떻게든 적응하고 살아야죠."

"저 괴물들을 어떻게 적응해? 둘이 싸우는 거 보니까 무시무시하던데."

"방법을 찾겠죠. 다녀올 테니까 제 숙소 좀 잘 챙겨 주세요."

걱정스러워하면서도 기운이 쫙 빠진 박민영에게 인사를 한 성안나는 기다리고 있던 강도준에게 다가갔다. 전자파 스턴 건을 들고 기다리고 있던 강도준은 가볍게 눈인사를 하고는 발걸음을 옮겼다. 다나카와 얘기를 나누던 히라이 겐지 역시 서둘러 합류했다. 애초에 열 명 정도 손을 들었지만 막상 출발하려고 하니까 모인 건 그녀를 포함해서 여섯 명뿐이었다. 그걸 지켜보던 강도준이 히라이 겐지에게 말했다.

"내가 전자파 스턴 건을 가지고 선두에 설 테니 네가 후미를 맡아."

"알겠습니다. 무전기는 제가 가지고 있어도 될까요?"

주저하던 강도준이 고개를 끄덕거리며 무전기를 건넸다. 무전기를 허리에 찬 히라이 겐지가 말했다.

"그럼 출발하시죠."

강도준이 앞장서서 이베리아호가 불시착한 방향으로 향했다.

이베리아호를
찾아서

 평지를 조금 걷자 숲이 나타났다. 넝쿨에 대한 안 좋은 기억이 있던 성안나는 주춤거리며 주변을 살폈다. 다행히 넝쿨은 보이지 않았다. 역시 같은 기억이 있던 강도준은 신중하게 살펴본 후에 전진하라는 손짓을 했다. 숲에 들어가자 두려움이 느껴졌지만 장점도 있었다. 하루 종일 해가 지지 않는 글라디우스 행성에서 드물게 어둠과 만나게 된 것이다. 지구로 치면 달 정도의 위치와 크기의 푸른색 태양이 빛을 내고 있었는데 좀처럼 사라지지 않았다. 기온도 조금 낮아진 것 같아서 움직이는 데 큰 도움이 되었다. 앞장선 강도준은 이전의 비관적인 모습은 온데간데없이 차분하게 조사팀을 이끌었다. 덕분에 불안하던 성안나도 어느 정도 안심할 수 있었다. 중간에 잠깐 쉬는 시간이 주어지고, 히라이 겐지는 통신이 잘되는지 확인한다며 조금 높은 바위 위로 올라갔다. 그걸 보면서 쉬고 있던 성안나에게 강도준이 다가왔다.

"부탁이 있는데."

"뭐요?"

주저하던 강도준이 바위 위에 올라가 있는 히라이 겐지를 힐끔 바라봤다.

"저놈을 좀 감시해 줘."

"감시라니요? 설마 도망칠 거 같아요?"

"그건 아니지만 무전기를 가지고 있잖아. 총도 가지고 있고."

무슨 뜻인지 이해하는 데 살짝 시간이 걸린 성안나가 강도준에게 따지듯 물었다.

"지금 의심하고 있는 거예요?"

"어쩔 수 없어. 우리가 살려면."

"'우리' 안에 저 사람은 없는 거고요?"

"인간은 심판대에 올라서면 나약해져. 믿음과 신뢰가 생존을 보장해 주는 건 아니니까."

어이가 없어진 성안나가 화난 표정을 지었다.

"그럼 왜 데리고 온 건데요?"

"일본인들을 대표해서 지원한 거잖아. 거절할 명분이 없다고 선장님이 말했어."

성안나가 아무 대답도 하지 않자 강도준이 바위 위에 올라가 있는 히라이 겐지를 힐끔 보면서 덧붙였다.

"어쩔 수 없어. 온누리호를 타고 지구를 출발했을 때 기억 나? 하나로 뭉친 지구인들이 제2의 지구로 간다고 했던 거 말이야."

"네."

"이곳은 제2의 지구도 아니고, 우린 하나도 아니야. 지금은 살아남아야 하니까 서로 입을 다물고 갈등을 일으키지 않으려고 하지만 어떤 계기라도 생기면 지구에서처럼 물고 뜯을걸. 그리고 쟤들이 지구가 개판이 되는 데 한몫했다는 걸 잊은 건 아니겠지?"

"그래도."

"이건 선택의 문제가 아니야. 며칠 동안이긴 했지만 일본인들은 자기들끼리 뭉쳐서 다니면서 세력을 굳히고 있어. 나도 보이는데 넌 안 보이니?"

틀린 말은 아니라서 성안나는 반박하지 못했다. 바위에 올라가 있던 히라이 겐지가 내려올 기미를 보이자 강도준이 재빨리 말했다.

"네가 거절하면 다른 사람에게 시킬 거야."

"알았어요."

강도준이 믿는다는 눈빛을 던지고는 바위에서 내려온 히라이 겐지에게 말을 건넸다.

"어때?"

"잘됩니다. 언제쯤 도착하냐고 묻네요."

"지구 시간 기준으로 내일쯤이겠네. 모두 이동합시다."

강도준이 등을 돌리고 걸어가자 히라이 겐지가 성안나를 바라봤다. 무슨 얘기를 나눴는지 물어보면 뭐라고 답할지 걱정했지만 히라이는 안나의 어깨를 툭 치고 한마디 할 뿐이었다.

"가자."

숲은 점점 더 무성해졌다. 온누리호로 오는 동안 봤던 거대한 나무가 있던 숲과는 달리 넓은 잎사귀를 가진 상대적으로 낮은 키의 나무들이 보였다. 외형은 지구의 열대 지방에 있던 나무처럼 보였는데 키가 낮은 대신 몸통은 두꺼운 편이었다. 한국인 지원자 중 한 명이자 강도준과 친해진 남광혁이 웃으며 말했다.

"꼭 무가 뽑혀 나온 거 같네."

바짝 긴장했던 일행은 낮은 웃음을 터트렸다. 넝쿨은 안 보였지만 이끼는 넘쳐흐를 정도로 많아서 안나는 살짝 겁이 났다. 그런 성안나의 마음을 알아차렸는지 강도준이 미끼를 발로 밟고 건드렸다.

"얘는 그냥 이끼인 거 같아."

다들 가볍게 웃으며 앞으로 나아갔다. 온도도 낮아지고, 그늘로 걸으면서 긴장된 분위기는 많이 누그러졌다. 간간이 농담도 주고받으면서 나아가던 중, 언덕이 나타났다. 멈춰 서서 바라보던 강도준이 조사팀을 불러 모았다.

"우리가 일곱 시간 정도 걸었고, 절반 조금 못 왔어요. 위로 올라가야 하는데 여기서 쉴지 아니면 올라가서 쉴지 결정해야 할 것 같아서요."

머리를 짧게 깎은 남광혁이 먼저 대답했다.

"올라가서 쉬죠. 저길 보면서 쉬면 쉬는 거 같지도 않겠어요."

다들 고개를 끄덕거렸고, 히라이 겐지 역시 동의하는 표정을 지었기 때문에 강도준은 그대로 올라가겠다고 했다. 가파르지는 않았지만 밟으면 미끄러지는 이끼들이 많아서 조심해야만 했다. 선두에 선 강도준은 몇 번이고 조심하라는 말을 하면서 밟고 올라갈 만한 곳을 알려 줬다. 초반에는 좀 덜했던 경사가 올라가면서부터 점점 가팔라져서 손으로 짚고 올라가야만 했다. 성안나는 크게 미끄러질 뻔했다가 히라이 겐지가 잡아 주면서 위기를 넘겼다.

"고마워."

"괜찮아. 이 정도야 뭐."

"살아 있을까?"

"이베리아호의 승객들?"

숨이 찬 성안나가 대답 대신 고개를 끄덕거리자 히라이 겐지는 고개를 갸웃거렸다.

"폭발음이나 연기를 보면 온누리호보다는 더 심한 피해를 봤을 거야. 거기다 이베리아호는 2차 제작 우주선이잖아."

"2차 제작?"

"응, 1차 제작된 건 대한민국의 온누리호와 유럽 연합의 마그나 카르타호 그리고 미국이 제작한 프론티어호랑 뉴월드호, 인도의 시바호 정도야. 전쟁에서 그나마 큰 피해를 보지 않거나 기술력을 보유하고 있던 나라들이 만든 우주선이지. 그다음에 2차 제작은 스파이라든지 기타 방법으로 우주선 제작 기술을 카피한 나라에서 띄운 것들이고. 예를 들어."

잠깐 생각을 하던 히라이 겐지가 말했다.

"남중국의 복회와 여화호, 시베리아 연방의 푸틴호, 아랍 연합에서 띄운 무함마드호 그리고 이번에 추락한 스페인과 포르투갈이 쏜 이베리아호 정도? 그거 말고도 막판에 많이 띄웠을 거야."

"생각보다 많이 왔을 수도 있겠네."

"처음에는 개척단처럼 보내고 상황을 봐서 추가로 보
내려고 했나 봐. 그런데 지구의 상황이 생각보다 안 좋아
지니까 이판사판으로 온 거지. 허술하게 제작된 것도 많
아서 오다가 중간에 많이 파괴되었을 거야. 일본은 아예
띄우지도 못했고 말이야."

마지막에 씁쓸한 표정을 지으며 얘기를 마친 히라이
겐지가 앞서가는 강도준과 남광혁을 보면서 덧붙였다.

"여기서는 다시 리셋이야. 그러니까 더 치열해지겠지."

아까 강도준에게 들었던 얘기를 떠올린 성안나가 물
었다.

"지구에서처럼 싸울 거라고?"

"그 정도는 아니겠지만 서로 구분하겠지. 한 우주선을
4년 동안이나 타고 왔으면서도 끝끝내 나뉘었잖아."

어떻게 대답할지 고민하는 사이, 앞장선 강도준의 목
소리가 들렸다.

"꼭대기입니다. 어서 올라오세요."

한숨을 쉰 성안나는 조심스럽게 바위를 잡고 올라갔
다. 히라이 겐지 역시 어깨에 메고 있던 총을 조심스럽게
추스르며 바위를 움켜잡았다. 꼭대기로 올라온 성안나는

숨을 몰아쉬면서 히라이 겐지를 기다렸다. 뒤따라 올라온 히라이 겐지는 앞쪽을 보고 있는 강도준에게 다가갔다.

"저쪽이겠죠?"

"아마도."

둘이 바라보고 있는 곳은 연기가 피어오르는 평지였다. 불시착을 했어도 그나마 기체가 남아 있던 온누리호와는 달리 형체를 알아볼 수 없을 정도로 파괴된 상태였다. 추락한 지 꽤 오랜 시간이 지났는데도 연기가 계속 흘러나오는 중이었다. 두 사람 옆에서 살펴본 성안나는 고개를 절레절레 저었다.

"아무도 살아남았을 거 같지 않은데요."

같은 생각이라는 듯 고개를 끄덕거린 강도준이 대답했다.

"그래도 가 봐야지. 쓸 만한 물자가 있을 수도 있고 말이야."

"몇 시간 쉬었다가 갈까요? 잠도 좀 자고."

남광혁의 얘기에 강도준이 고개를 끄덕거렸다.

"두 명씩 조를 짜서 두 시간씩 경계를 서고 나머지는 눈을 좀 붙이는 게 좋겠어."

그러고는 조를 짰는데 성안나는 강도준과 함께 경계조가 되었다. 가위바위보를 해서 순서를 정했는데 강도준이 이겨서 제일 먼저 경계를 서기로 했다. 일단 간단히 식사를 하기로 하면서 모여 앉아서 동결 건조 식량을 꺼내서 나눠 먹고, 물을 마셔서 배를 채웠다. 남광혁이 콜라 생각이 간절하다면서 사람들에게 웃음을 주었다. 식사를 마친 사람들은 가져온 천막을 나무에 걸어서 그늘을 만든 다음에 잠을 청했다. 성안나와 강도준은 근처의 높은 바위로 올라가서 주변을 살폈다. 잠을 청하는 히라이 겐지와 그의 동료를 본 강도준이 성안나에게 물었다.

"무슨 얘기 들은 거 없어?"

"별다른 건 없었어요."

"그래?"

아쉽다는 표정을 짓는 그에게 성안나가 따졌다.

"이런 식으로 갈등을 벌이는 게 좋은 일은 아니잖아요."

"어쩔 수 없지. 여기서는 모든 게 리셋이니까."

아까 히라이 겐지에게 들은 것과 같은 단어를 들은 성안나가 움찔했다. 다행히 강도준은 별 신경 쓰지 않고 하던 얘기를 계속했다.

"여기선 지구에서처럼 정부나 경찰이나 법원이 없어. 그 얘기는 우리가 야만인이 될 거란 얘기지."

"서로 죽고 죽이는 야만인이요?"

"우리가 물건을 훔치고 사람을 죽이지 않는 이유가

뭘까?"

"남의 고통을 원하지 않아서?"

성안나의 대답을 들은 강도준이 고개를 저었다.

"처벌을 받는 게 두려워서야. 나쁜 짓을 저질러서 얻는 이득보다 피해가 크면 포기하는 거지. 그런데 이곳에서는 처벌을 받을 일이 없어. 법이나 경찰 그리고 그걸 만들어 낼 국가가 없으니까. 그냥 인간만 있을 뿐이지."

"그러니까 서로 돕고 지내야죠."

"그래야지. 그러려면 내 편과 적을 구분해야 해."

"우리 편만 돕겠다는 뜻인가요?"

"안나야. 너는 우주선에 있는 내내 나보고 비관적이라고 했지? 글라디우스 행성으로 가는 게 모든 문제의 해결책이 아니라고 했을 때 나를 쳐다본 눈빛을 기억해."

틀린 얘기는 아니라서 성안나는 살짝 움찔했다. 피식 웃은 강도준이 연기가 계속 치솟는 이베리아호의 잔해를 보면서 말했다.

"저 잿더미 안에서 문명이나 희망을 찾을 수 있겠어? 우린 서기 23세기에서 원시 시대로 타임 슬립을 한 꼴이야. 총이나 로봇 같은 게 있었다면 모를까 괴물들이 득실거리는 이곳에서 우리는 하찮은 존재일 뿐이지."

"그럼 더 힘을 합쳐야죠."

"누구랑? 지금까지 무시당했다고 대놓고 반항하고 주도권을 잡으려는 쪽이랑? 쟤들이 지금 동남아랑 중국이랑 얼마나 활발하게 접촉하는지 모르지? 걔들을 다 합치면 우리랑 숫자가 비슷해. 그럼 과연 그들은 공존을 택할까? 지구에서 그렇게 서로 죽고 죽이던 사이끼리 말이야. 말해 봐. 너도 지구에서 아버지를 잃었잖아. 나도 부모님을 잃었어. 거기에는 일본 놈들이 만든 병균이 큰 역할을 했지. 핵미사일을 가장 먼저 쏘고 북한으로 쳐들어왔던 중국은 두말할 나위 없고, 식량을 싣고 오는 우리 보급 선단을 해적질했던 동남아시아 쪽도 그렇고 말이야."

"그래도."

할 말을 잃은 그녀에게 강도준이 쐐기를 박듯 말했다.

"저들이 마지막에 우리에게 사과하고 머리를 숙인 건 한 명이라도 더 우주선에 타기 위해서지 진심은 아니었어. 우리도 필요하니까 그들을 태운 거지. 예뻐서 태운 건 아니었고 말이야. 만약 제대로 착륙해서 우리들 숫자가 압도적으로 많았다면 이런 걱정을 할 필요는 없었을 거야. 예정대로라면 의회가 설치되고 투표를 통해서 지도자가 선출되었을 테니까 말이야. 그런데."

빠르게 말하다 지친 강도준이 푸른 태양을 짜증 난 눈으로 바라보며 한숨을 쉬었다.

"온누리호가 불시착하면서 모든 게 엉망이 되었잖아. 탈출 캡슐을 탄 우리나라 사람들은 생존이 확인되지 않고, 온누리호에 남은 쪽은 대부분 무사히 내렸는데 거기에는 저들이 많았으니까. 간단한 문제야. 주도권을 잡아야 하고, 방심하면 안 돼. 협력이든 원조든 그다음이야. 결정권을 잃은 채 비굴하게 생존을 구걸하고 싶지 않다면 말이야."

강도준의 얘기를 들은 성안나는 말없이 고개를 끄덕거렸다. 그러자 강도준이 미안한 표정으로 말했다.

"올해 열일곱이지?"

"네."

"너한테는 너무 가혹한 일이겠다. 그런데 어쩔 수 없어."

"그러면 이제 우리는 어떻게 해야 하죠?"

"살아남아야지."

단호하게 얘기한 강도준이 주변을 말없이 살펴봤다. 얘기를 하다가 지친 성안나가 말없이 이베리아호가 불타는 쪽을 바라봤다. 문득 엄마에 대한 그리움이 밀려왔다. 말없이 주변을 감시하던 강도준은 시계를 들여다보고는 표정이 환해졌다.

"두 시간 지났어. 잠깐만."

바위에서 내려간 강도준은 쉬고 있던 두 번째 경계조

에게 다가갔다. 둘을 잠에서 깨운 강도준은 함께 바위로 올라왔다. 주변을 잘 감시하라는 말과 함께 총을 넘겨준 강도준은 성안나와 함께 바위를 내려왔다. 그리고 두 번째 경계조가 천막을 나뭇가지에 올려서 만든 그늘막으로 들어갔다. 강도준이 팔베개를 하면서 말했다.

"잠이 안 오더라도 억지로 눈을 좀 붙여. 무슨 일이 일어날지 모르니까."

"무슨 일이 일어날지 모르면 잠을 자지 말아야 하지 않아요?"

"잠이 부족하면 판단력이 흐려져. 지구에서는 망신당하거나 손해를 보는 정도로 끝나지만 여기서는 진짜로 죽을 수도 있어."

더 이상 말을 하지 않는 강도준을 힐끔 본 성안나는 그의 말대로 억지로 눈을 감아 봤다. 하지만 안나의 곁을 떠나간 엄마를 비롯한 사람들이 떠올랐다. 제대로 잠을 잘 수 없었다.

휴식 같지 않은 휴식을 취한 후에 다시 이동을 했다. 이번에는 반대로 산에서 내려가야 했는데 역시 바위와 이끼 덕분에 쉽지 않았다. 몇 번이고 아슬아슬한 상황을 겪은 후에야 평지로 내려올 수 있었다. 약속이나 한 듯 한숨을 쉬면서 여기저기 흩어져서 쉬었다. 그 와중에도 강도준은 위치 확인 장치를 통해 이베리아호의 위치를 확인했다. 사실 확인할 필요도 없었다. 여전히 치솟는 연기가 한층 잘 보였기 때문이다. 연기가 난 방향을 번갈아 바라보던 강도준이 돌아서서 일행들에게 다가왔다.

"거의 다 왔어요. 잠깐 쉬고 바로 출발합시다."

다들 지치기는 했지만 거의 다 왔다는 얘기에 기운을 냈다. 바위에 앉아서 쉬고 있던 성안나는 힘겹게 몸을 일으켰다. 어느 사이엔가 옆에 온 히라이 겐지가 부축을 해 줬다.

"고마워."

"힘들지? 거의 다 왔다니까 기운 내."

"그럴게."

짧게 대답한 성안나를 보고 어색해하던 히라이 겐지가 방금 내려온 산을 돌아봤다.

"진짜 험난했어. 돌아갈 때는 우회하는 쪽으로 얘기해 봐야 할까 봐."

"그것도 나쁘지 않네."

알겠다고 대답한 히라이 겐지는 어서 가자는 손짓을 했다. 다시 숲이 나타나자 일행들은 그늘을 기대하며 환성을 질렀다.

아까보다 빽빽한 숲을 지나가는데 연기 냄새가 느껴졌다. 코를 벌렁거린 남광혁이 말했다.

"거의 다 왔네. 그래도 사람 타는 냄새는 아닌 거 같아."

대꾸할 기운이 없던 일행들은 조용히 발을 질질 끌며 숲을 가로질러 갔다. 선두에 서서 걷던 강도준이 한쪽 손을 들었다. 퍼뜩 멈춰 선 일행들은 호기심에 못 이겨 강도준의 곁으로 다가갔다. 강도준이 서 있는 곳은 숲이 끝나는 지점으로 평지가 시작되는 곳이었다. 그리고 평지 끝자락에 불에 탄 흔적이 역력한 우주선의 잔해가 보였다. 성안나가 조용히 입을 열었다.

"이베리아호네요."

가볍게 기침을 한 강도준이 고개를 끄덕거렸다.

"형체를 알아볼 수 없을 정도로 심하게 부서졌네. 생존자가 별로 없을 거 같아."

둘이 얘기를 나누는데 히라이 겐지가 끼어들었다.

"어떻게 살펴볼 거죠?"

"불은 꺼진 거 같으니까 가까이 가 봐야지. 왜? 다른 의견이라도 있어?"

"괴물도 그렇고 무슨 일이 벌어질지 모르니까 한두 명은 좀 떨어진 곳에서 지켜보면 어떨까 해서요."

잠시 생각하던 강도준이 남광혁을 바라봤다.

"히라이랑 뒤에 남아 있어."

"네."

남광혁이 어색하게 웃으며 히라이 겐지의 옆으로 다가갔다. 강도준이 다시 움직이자는 손짓을 했다. 성안나가 크게 숨을 들이쉬고는 발걸음을 옮겼다. 이베리아호는 비스듬하게 불시착하면서 앞부분이 땅에 처박힌 온누리호와는 달리 거의 수직으로 충돌한 것 같았다. 거대한 기체가 충돌하면서 받은 충격 때문인지 사방으로 흩뿌려졌다. 그중에는 온누리호의 거주 블록과 비슷하게 생긴 것도 있었다. 그리고 탈출 캡슐처럼 생긴 것도 보였다. 혹시나 생존자가 있을까 싶은 마음에 이곳저곳 살펴보는 그녀의 귀에 강도준의 목소리가 들렸다.

"흩어져서 생존자를 찾아봐요. 뭐든 발견하면 소리쳐요. 알겠죠?"

희미하게 알겠다는 대답이 들렸다. 성안나는 거주 블록과 탈출 캡슐의 파편이 흩어진 곳으로 향했다. 땅은 충돌 때 생긴 화재 때문인지 검고 푸석하게 변해 있었다. 거주 블록과 탈출 캡슐의 파편 역시 불과 연기에 그을린 흔적이 역력했다. 혹시나 안에 탈출하지 못한 사람들의 시신이 무더기로 있지 않을까 걱정했지만 텅 비어 있었다. 마음의 각오를 단단히 하고 있던 성안나는 고개를 갸웃거렸다.

"아무것도 안 보이네."

군데군데 핏자국으로 보이는 것들은 남아 있었고, 부서진 정도를 생각하면 모두 다 살아남았으리라고 보기는 어려웠다. 조금 더 용기를 낸 성안나는 안쪽으로 걸어갔다. 금방 화재가 가라앉았는지 아직 연기를 꾸역꾸역 토해 내는 탈출 캡슐이 보였다. 위쪽의 탈출구는 개방된 상태였는데 힐끔 안쪽을 들여다본 성안나가 중얼거렸다.

"아무도 없어. 생존자도 사망자도."

탈출 캡슐 주변에는 비상식량과 약품이 든 상자들이 버려져 있었다. 사용하지 않은 것도 있었지만 일부는 개방된 상태였다. 성안나는 사용하지 않은 상자 하나를 챙겨서 돌아섰다. 아까 흩어진 장소로 돌아오자 강도준을 비롯한 다른 일행들이 모여 있었다. 강도준이 바라보자 다른 한 명이 고개를 저었다.

"아무도 없었어요."

"시신이나 부상자도요?"

"네. 없었습니다."

침울한 표정으로 대답하는 그에게서 눈을 뗀 강도준이 성안나를 바라봤다. 그녀 역시 고개를 저었다.

"못 봤어요. 산 사람이나 죽은 사람 모두요."

"추락하면서 죽었다면 여기에 시신이 있어야 했는데?"

"핏자국은 있었지만 시신은 없었어요. 그리고 부상자나 생존자도 보이지 않았고요."

"상태를 보면 대부분 사망했을 거 같은데?"

"저도 같은 생각인데요. 거주 블록이랑 탈출 캡슐들이 심하게 파손되었어요. 이 정도면 탑승자의 절반 이상은 죽었을 정도예요."

"그런데 아무도 없다니, 정말 귀신이 곡할 노릇이네."

두 팔을 허리에 두른 채 이베리아호의 잔해를 살펴보던 강도준이 성안나가 들고 온 상자를 바라봤다.

"생존 상자?"

"네. 떨어질 때의 충격 때문인지 사방에 흩어져 있어요. 일부는 개방된 상태지만 그냥 버려진 게 더 많아요."

"이상하네. 이곳을 버리고 어디론가 이동해야 한다면 가장 먼저 챙겨야 하는 게 식량이랑 약품이잖아."

"맞아요."

"그런데 그거까지 남아 있다면 생존자가 아예 없든지."

강도준이 잠깐 말을 잇지 못하는 사이 성안나가 대답했다.

"이걸 챙길 여유가 없었다는 뜻이죠."

"저쪽이지?"

"네."

"같이 가 보자."

강도준의 말에 성안나는 왔던 곳으로 돌아갔다. 여전히 시신이나 부상자, 생존자는 보이지 않았고, 상자들이 그대로 흩어져 있었다. 몇 개 챙기라고 지시한 강도준이 말했다.

"그냥 돌아갈 수는 없으니까 한 바퀴 돌아보고 떠나자."

고개를 끄덕거린 성안나는 앞장서 걸으려고 했다. 그러자 강도준이 자기가 앞장서겠다며 어깨에 메고 있던 총을 두 손으로 움켜쥐었다. 그리고 성안나에게 말했다.

"조심해서 따라 와."

여전히 연기가 나는 이베리아호의 주변을 천천히 돌기 시작했다. 가 보지 못한 쪽의 모습도 비슷했다. 수직으로 충돌하면서 충격으로 떨어진 엔진 일부가 보였다. 안쪽을 살펴본 강도준이 고개를 저었다.

"큰 충격을 받긴 했는데 폭파되지는 않았네. 이게 터졌으면 진짜 아무것도 안 남았을 텐데 말이야."

"정말 궁금해요. 생존자들이야 뭔가의 위협을 느끼고 여길 떠났다고 해도 왜 시신이 안 보이는 거죠? 우리처럼 모두 묻어 줬을까요?"

성안나의 물음에 강도준이 고개를 저었다.

"그럴 시간적 여유가 없었어. 거기다 우주선 상태를 보면 사망자가 생존자보다 압도적으로 많을 거 같은데 말이야."

다른 두 명도 모두 수긍하면서 사라진 시신에 대한 궁금증은 여전히 풀리지 않았다. 결국, 상자 몇 개를 챙기는 것으로 마무리되었다. 몇 번이고 이베리아호를 돌아보던 강도준은 일행을 데리고 먼발치에서 지켜보던 히라이 겐지와 남광혁을 향해 걸어갔다. 따라가던 성안나가 이상한 진동을 느낀 것은 바로 그 시점이었다. 걸음을 멈춘 그녀가 주변을 돌아봤다.

"뭐지?"

진동은 마치 스치듯 지나가고 사라졌지만 깊고 무거운 울림은 머리에 깊이 박혔다. 성안나가 걸음을 멈추고 주변을 돌아보자 남광혁이 돌아섰다.

"왜?"

"진동 못 느꼈어요?"

남광혁이 바닥을 두리번거리며 물었다.

"무슨 진동?"

"땅이 움직인 거 같았어요."

"설마 지진인가? 괴물에 지진이라니, 정말 못 살겠는 땅이네."

농담인지 푸념인지 알 수 없는 남광혁의 얘기에 다들 크게 웃었다. 하지만 성안나는 발끝에서 느껴지는 불안감을 지울 수 없었다. 그런 성안나의 모습을 본 강도준이 다가왔다.

"왜 그러는데?"

"모르겠어요. 진동이 느껴지는데 못 느껴요?"

"안 느껴져. 나랑 같이 가자."

강도준이 성안나의 팔을 잡아끌었다. 하지만 그가 끌고 가는 방향이 진동이 느껴지는 지점이었다. 억지로 몇 걸음 걸었다가 다시 진동이 느껴지자 성안나는 발걸음을 멈췄다. 강도준이 그런 성안나에게 짜증을 냈다.

"갑자기 왜 이래? 다른 사람들 불안하게."

"땅이 움직인다고요!"

불안해진 성안나가 소리를 지르자 강도준이 짜증을 냈다.

"왜 혼자만 움직인다고 그러는데?"

둘이 옥신각신하자 지켜보던 히라이 겐지가 뛰어왔다. 그리고 강도준을 확 떠밀었다.

"왜 자꾸 소리를 지릅니까?"

히라이 겐지가 끼어들자 강도준이 눈을 부라렸다.

"넌 뭔데 끼어들어?"

"불안해하는 거 안 보입니까? 다독거리지는 못할망정!"

격분한 강도준이 총을 겨누자 히라이 겐지도 역시 총을 겨눴다. 비록 살상용 무기는 아니었지만 두 사람의 눈빛은 이미 상대방을 죽이고도 남았다. 남광혁이 농담을 하면서 분위기를 누그러뜨리려고 했지만 양쪽은 대치를 멈추지 않았다. 그때, 다시 불길한 진동이 느껴지자 성안나는 바닥에 주저앉았다. 그리고 일어나려고 안간힘을 쓰는 순간, 이상한 걸 발견했다.

"이상해."

그녀의 중얼거림에 강도준이 물었다.

"뭐가 자꾸 이상하다는 거야!"

"저 산! 우리가 넘어온 산이요!"

이끼와 바위투성이 산을 가리킨 성안나의 말에 강도준이 그쪽을 돌아봤다. 그리고 뭐가 이상한지 깨닫고는 입을 다물지 못했다.

"맙소사."

마지막으로 고개를 돌린 히라이 겐지 역시 이상함을 눈치채고 얼굴이 일그러졌다.

"말도 안 돼."

그들이 넘어온 산이 움직인 것이다. 그것도 이쪽으로

말이다. 남광혁까지 이상함을 눈치 챘는지 입을 다물고 움직이는 산을 바라봤다. 그들이 지켜보는 가운데 산은 천천히, 하지만 확실히 그들 쪽으로 다가왔다. 남광혁이 손을 떨면서 중얼거렸다.

"사, 산이 움직이다니!"

산이 가까이 다가오자 진동은 확실히 느껴졌다. 다들 겁에 질린 표정으로 바닥을 바라봤다. 조금 전까지 웃고 떠들던 남광혁이 떨리는 목소리로 말했다.

"말도 안 돼! 어떻게 산이 움직일 수 있지?"

느리지만 산은 아까보다 빨리 다가왔다. 다들 얼어붙은 가운데 가장 먼저 반응을 보인 건 히라이 겐지였다.

"반대쪽으로 도망쳐!"

그러고는 성안나의 손을 잡고 뛰었다. 그 뒤로 나머지 일행이 달리기 시작했다. 가까이 다가온 산은 가볍게 몸을 부풀렸다. 가뜩이나 큰 덩치가 더 커지자 위압감이 어마어마했다. 힐끔 뒤를 본 성안나는 부풀려진 게 아니라 산으로 보이던 몸통이 지상에서 살짝 뜬 것을 봤다. 그리고 그 틈으로 녹색 끈끈이 같은 것이 여러 가닥 나왔다.

"뭐지, 저게?"

남광혁의 중얼거림에 강도준이 소리쳤다.

"보지 말고 뛰어!"

마치 혓바닥처럼 쭉 늘어진 녹색 끈끈이는 느리게 움직이던 산과는 달리 빠르게 다가왔다. 별다른 반응 없이 우물쭈물하던 한 명이 삽시간에 붙잡혀서 끌려갔다. 녹색 끈끈이는 그를 둘둘 감으면서 몸통 아래로 가져갔다. 예상 밖의 상황에 놀란 나머지 일행은 필사적으로 뛰었다. 잔해만 남은 이베리아호를 지나친 일행은 정신없이 달렸다. 그러다가 히라이 겐지가 갑자기 비명을 지르면서 앞으로 넘어졌다. 옆에서 달리던 성안나는 쭉 늘어진 녹색 끈끈이에 히라이 겐지의 발목이 감긴 걸 봤다. 넘어진 히라이 겐지가 같은 일본인에게 도와 달라고 했지만 그는 못 들은 척 도망치기 바빴다. 성안나는 히라이 겐지가 떨어뜨린 총을 집어 들고 발목을 감은 녹색 끈끈이를 겨냥해서 방아쇠를 당겼다. 짧은 전자파가 충격을 일으키자 녹색 끈끈이는 뒤로 쭉 물러났다. 그러면서 히라이 겐지가 풀려났다. 고맙다는 말을 하며 일어난 그는 성안나의 손을 잡고 뛰었다. 한참 달리던 둘의 눈에 바위 사이의 틈에 숨어서 손짓하는 강도준이 보였다. 둘은 방향을 바꿔서 그쪽으로 달렸다. 서로 어깨를 기댄 것 같은 두 개의 바위 사이에 좁은 틈이 있었고, 거기에 앞서 달리던 강도준과 남광혁 그리고 히라이 겐지와 같이 온 일본인이 있었다. 둘이 들어서자마자 강도준이 말했다.

"안에 공간이 있으니까 들어가. 숨어야 해."

"도망치는 게 낫지 않아요?"

성안나의 물음에 강도준이 턱으로 반대편을 가리켰다.

"저쪽도 이미 녹색 끈끈이가 와 있어. 우리를 몰아가려고 했던 거야."

성안나를 포함한 다섯 명은 조심스럽게 안쪽으로 들어갔다. 그러다가 갑자기 히라이 겐지와 함께 온 일본인이 발작 비슷한 걸 일으켰다.

"으악! 어두운 곳 무서워!"

그러고는 돌아서서 밖으로 나갔다. 히라이 겐지가 손을 뻗었지만 옷자락을 움켜잡는 데 실패했다. 뛰쳐나가려는 히라이 겐지를 강도준이 말렸다.

"너까지 위험해져."

"그래도."

"아까 널 무시하고 도망친 걸 봤어. 신경 쓰지 마. 게다가."

히라이 겐지를 살짝 누른 강도준이 덧붙였다.

"우리까지 들킬 수 있으니까 가만있어."

마지막이 본심이었다는 건 어렵지 않게 느낄 수 있었다. 그리고 말투도 위압적인 반말로 바뀌었는데 그것도 본심일 것이라고 성안나는 짐작했다. 괴성을 지르며 뛰쳐

나간 일본인은 얼마 가지 못해서 사방에서 조여 오는 녹색 끈끈이에 잡혔다. 발목이 잡혀서 넘어진 그의 몸을 녹색 끈끈이가 마치 이불처럼 덮었고, 비명을 지르는 그를 어디론가 끌고 가 버렸다. 남은 건 끌려가던 그가 바닥에 남긴 긁은 흔적뿐이었다. 피가 나거나 토막이 나지는 않았지만 존재 자체가 지워지는 것이 더 끔찍하고 처참했다. 강도준이 히라이 겐지가 가지고 있던 총을 가져오더니 남광혁에게 건넸다. 그리고 모두 조용히 하라는 손짓을 했다. 동료이자 친구를 잃은 히라이 겐지가 두 손으로 입을 틀어막은 채 소리 없이 울었다. 녹색 끈끈이는 마치 파도처럼 바위 앞의 평지를 쓸고 지나갔다. 그걸 본 성안나는 비로소 깨달았다.

"이베리아호에 왜 사람이 안 남았는지 알겠어요. 살아 있든, 죽어 있든."

강도준 역시 같은 생각이라는 듯 고개를 끄덕거렸다.

"추락한 직후에 녹색 끈끈이들이 나와서 다 끌고 갔겠지. 살아남은 사람은 진짜 황급히 도망쳤을 거고. 생존 가방이고 뭐고 챙길 틈도 없이 말이야."

비로소 무슨 일이 벌어졌는지 알게 된 성안나는 소름이 돋았다. 강도준이 그런 성안나를 다독거렸다.

"전혀 예상 밖이었어. 그나마 네가 징조를 알아차렸으

니까 다행이지 안 그랬으면 코앞까지 갔다가 손도 못 쓰고 당할 뻔했어."

칭찬을 잔뜩 해 준 강도준이 물었다.

"그런데 어떻게 땅의 진동을 알아챘니? 나랑 광혁이는 전혀 몰랐는데."

"저도 잘, 그냥 느낌이 왔어요."

설명할 수 없는 일을 설명해야 한다는 부담감에 성안나는 우물쭈물 넘어갔다. 친구를 잃은 충격에 빠진 채 바위틈의 제일 안쪽에 몸을 웅크리고 있던 히라이 겐지가 훌쩍거리며 울기 시작했다. 항상 냉정하던 그가 무너지는 모습에 안타까움이 든 성안나는 등을 토닥거리며 위로해 줬다.

"괜찮아?"

"내가 같이 가자고 했어. 나 때문에……."

"아니야."

차마 할 말이 없어진 성안나는 히라이 겐지를 끌어안고 위로해 줬다. 입구를 지키고 있던 강도준이 그런 둘을 힐끔 보더니 말했다.

"여기서 잠깐 숨어 있다가 나간다. 여긴 내가 지킬 테니까 쉬어."

강도준의 말에 남광혁이 바위에 기댄 채 한숨을 쉬었

다. 성안나는 히라이 겐지를 다독거리며 주변을 돌아봤다. 그러다가 바위에 이상한 흔적이 새겨진 걸 발견했다.

"어?"

처음에는 잘못 봤나 싶었지만 바위에 뾰족한 걸로 일부러 새긴 흔적이 역력했다. 성안나의 반응을 본 강도준이 다가와 물었다.

"왜"

"여기요."

성안나가 가리킨 바위를 바라본 강도준이 중얼거렸다.

"믿을 수가 없어."

입구에 남겨진 남광혁까지 다가와서 물었다.

"뭔데?"

성안나는 손가락으로 바위를 가리켰다.

"여기 한글이 새겨져 있어요."

어둠 속의 한글

"진짜로?"

놀란 남광혁이 그녀가 가리킨 곳을 쳐다봤다가 그대로 얼어붙었다. 비상 조명을 켠 성안나가 바위에 적힌 한글을 읽었다.

"집에 가고 싶어요. 보고 싶다. 엄마. 여긴 지옥이야. 살고 싶다. 나는 누굴까? 사람이 그립다. 나는 여기 있어요. 누구 없어요."

바위에 적힌 글을 차례대로 읽던 남광혁은 입을 다물지 못했다.

"여기 누가 먼저 온 거 같은데?"

남광혁의 얘기를 들은 강도준이 고개를 저었다.

"우리가 제일 처음 도착했어."

"혹시 탈출 캡슐을 타고 불시착한 사람 아닐까요?"

성안나가 희망을 담은 질문을 던졌지만 강도준이 이번에도 고개를 저었다.

"우리랑 비슷한 시기에 내린 사람이 적은 글귀 같지는 않아. 외롭다는 내용밖에 없잖아."

"그럼."

성안나가 짧게 대답하고는 바위를 다시 쳐다봤다.

"우리보다 훨씬 일찍 여기 도착한 한국 사람이 있다는 뜻이네요. 그게 가능해요?"

"바위에 한글이 쭉 안쪽으로 적혀 있지?"

"네."

"안으로 들어가 보자."

총을 고쳐 잡은 강도준이 한글이 쭉 새겨진 바위를 따라 안쪽으로 들어갔다. 알고 보니 그녀가 처음 굴러떨어진 동굴처럼 안쪽에 길이 길게 이어져 있었다. 비상 조명을 켠 남광혁이 뒤를 따랐고, 성안나는 여전히 친구를 잃은 충격에서 벗어나지 못한 히라이 겐지를 부축한 채 따라갔다.

"안쪽으로 길게 이어져 있어."

앞장선 강도준의 목소리가 메아리처럼 들린 순간, 갑

자기 날카로운 비명이 들렸다.

"으악!"

앞장선 강도준이 함정 같은 것에 빠진 것이다. 다행히 허리 깊이 정도라서 크게 다치거나 상처를 입지는 않았다. 다만, 바닥에 돌조각들이 있어서 굉장히 큰 소리가 났다. 남광혁이 서둘러 손을 뻗었다.

"괜찮아?"

"응, 사람이 만든 함정 같지?"

부축을 받으며 함정에서 나온 강도준의 말에 남광혁이 고개를 끄덕거렸다.

"그런 거 같아. 죽이려는 건 아니고 경고하는 의미 정도?"

남광혁의 대답을 들은 성안나는 비상 조명으로 안쪽을 비췄다.

"그럼 저 안에 누군가 있다는 얘기잖아요. 사람이."

성안나의 말에 함정에서 나온 강도준이 고개를 끄덕거렸다. 그리고 거기에 대한 대답처럼 음산한 목소리가 메아리처럼 들려왔다.

"누구야? 인간이야?"

앞에 있던 강도준과 남광혁이 거의 동시에 총을 겨눴다. 남광혁이 큰 목소리로 외쳤다.

"누군지 모르지만 앞으로 나와! 안 그러면 쏜다."

"안 들려. 다시 말해 줘."

어둠 속에서는 놀리는 건지 아니면 진심인지 알 수 없는 대답이 들려왔다. 남광혁이 살짝 어처구니없는 표정을 짓고는 쏘아붙였다.

"손 들고 나오라고. 이거 진짜 총이야!"

"나오라고? 그럼 나가야지. 신난다."

뭔가 앞뒤가 안 맞는 대답을 한 상대방은 어둠 속에서 불쑥 튀어나왔다. 그 모습에 남광혁이 움찔했다.

"에이 씨, 뭐야."

모습을 드러낸 목소리의 주인공인 남자의 외모는 기괴하다는 표현이 딱 들어맞았다. 지저분한 옷에 수염과 머리는 잔뜩 자라서 얼굴을 알아보기 힘들 정도였다. 걷는 모습도 어색하기 그지없었다. 다행히 손에 무기를 들고 있거나 적대감을 드러내지 않았다. 나이는 40대 정도로 보였는데 정확하게 알 수는 없을 거 같았다. 남광혁 옆에 있던 강도준이 가까스로 입을 열었다.

"사, 사람 맞아요?"

"사람? 휴먼? 인간? 맞아. 난 괴물이 아니라 휴먼이야. 사람."

단어들을 마구 뒤섞으며 대답한 남자를 강도준이 이리

저리 살피다가 물었다.

"우주군 소속입니까?"

그러자 남자는 몸을 꼿꼿이 세우면서 반사적으로 대답했다.

"통일 대한민국 우주군 소속 심병규 대위입니다."

"반갑습니다. 저는 통일 대한민국 우주군 기술 하사 강도준입니다."

"자, 자네도 우주군인가?"

"그렇습니다."

소속을 확인한 남자, 심병규는 비틀거리며 다가오더니 강도준의 어깨를 양손으로 움켜잡았다.

"대, 대한민국이 날 버리지 않았군. 구조대를 보낼 줄 알았어."

돌아가는 상황을 전혀 모르는 것 같다는 생각이 든 성안나가 입을 열려고 했다. 하지만 강도준이 먼저 말했다.

"우리는 따로 임무를 부여받고 온 상태입니다. 언제 여기 오신 겁니까? 대위님."

"나? 나 말인가? 그러니까 서기 2262년에 출발해서 3년 후에 여기 도착했지. 지금이 언제지?"

예상 밖의 대답에 살짝 놀란 성안나가 말했다.

"2273년이요. 우리는 2269년에 출발했어요."

"그, 그래? 왜 이렇게 오래 걸렸지?"

성안나는 대답할 수 없는 질문에 우물쭈물했다. 그러자 강도준이 대신 대답했다.

"4천 명이 한꺼번에 이동했거든요. 우주선이 매우 커서 느리게 왔습니다."

"그렇구나. 우리는 2백 명이었어. 2백 명."

심병규의 얘기를 듣던 성안나는 고개를 갸웃거렸다.

"2262년에 사람을 태운 유인 탐사선이 이곳으로 왔다고요? 들은 적이 없는데요."

"극비라서 그래. 따라와."

심병규가 지저분한 손으로 손짓하며 앞장섰다. 동굴은 안쪽으로 들어갈수록 넓어졌다. 벽을 살핀 성안나가 중얼거렸다.

"자연적으로 생긴 게 아니라 직접 판 거네."

강도준 역시 같은 생각이라는 듯 고개를 끄덕거렸다.

"그런 거 같아."

어느덧 넓은 공간이 나왔다. 막다른 공간이기도 했는데 안에는 우주선의 잔해들로 가득했다. 태극 마크가 붙은 날개 부분의 잔해를 본 강도준이 말했다.

"진짜 우주선 파편인데?"

하나같이 낡고 오래되어서 몇 년 전에 이곳에 왔다는

그의 말에 무게감이 더해졌다. 나무로 만든 책상으로 다가간 심병규가 미친 듯이 떠들었다.

"극비 임무였어. 누구도 모르게 선발되었고, 가족들에게는 전사나 실종 통지서가 갔어."

"왜요?"

성안나의 물음에 심병규는 두 팔을 벌린 채 자랑스러운 표정을 지었다.

"이곳에 처음 도착해서 근거지를 마련해야 했으니까. 누구보다 대한민국이 먼저 말이야."

"그래서 무인 탐사선이 도착해서 상태를 확인하고 바로 우주선을 보낸 거예요?"

"맞아. 여명호였어. 이름 들어 봤어?"

질문을 받은 성안나가 고개를 저었다.

"아뇨."

"그렇겠지. 극비 중의 극비였으니까. 우리도 도착해서야 알았어. 도망치거나 거부할 수도 없었지."

"왜요?"

"아까 얘기했잖아. 전사 통지서가 갔다고. 거기서 도망치다가 사살되면 정말 죽는 거였지."

비로소 무슨 일이 벌어진 것인지 알아차린 성안나가 강도준을 바라봤다.

"진짜 비밀리에 우주선을 먼저 보냈네요."

"그랬나 봐. 소문이 돌긴 했는데 진짜일지는 몰랐어."

"이런 무모한 짓을 왜 한 거죠?"

성안나의 물음에 심병규가 대답했다.

"비밀 임무가 뭐였냐면 글라디우스 행성을 선점하는 것이었어. 남들이 오기 전에 먼저 깃발을 꽂고 쓸 만한 지역을 미리 탐색하는 거였지. 지금 생각하면 어처구니없는 얘기였지만 그때는 그런 생각을 할 수밖에 없는 시대였어. 교관이 다른 나라를 어떻게 믿느냐며 우리 민족을 위해 희생하자고 했지."

심병규의 대답을 들은 성안나가 어이없다는 듯 바라보자 강도준이 어깨를 으쓱거렸다.

"미친 시대였으니까."

둘이 얘기를 주고받는 동안에 심병규의 얘기는 쉴 새 없이 이어졌다.

"진짜 개고생의 연속이었어. 우주선이 중간에 고장 나서 멈추고, 산소 발생 장치가 고장 나서 여러 명이 목숨을 잃었지. 엔진도 문제가 생겨서 고치느라 정말 고생이 많았지. 겨우 이곳에 도착했는데 대기권 진입 직전에 문제가 생겼어."

"무슨 문제요?"

성안나의 물음에 심병규가 위쪽을 올려다보며 허망한 표정을 지었다.

"대기권 돌입 직전에 아슬아슬하게 멀쩡하던 엔진이 작살났어. 거기다 알 수 없는 이유로 우주선이 제멋대로 움직이면서 대기권에 진입하면서 우주선이 부서지기 시작했어."

"알 수 없는 이유로요?"

"그래, 문제가 많긴 했지만 시뮬레이션했을 때는 멀쩡했거든. 그런데 갑자기 대기권 진입을 앞두고 망가졌어. 처음에는 운석이나 우주 쓰레기와 충돌한 줄 알았는데 그것도 아니었고."

"우리도 비슷한 일을 겪었어요. 우리뿐만 아니라 다른 나라에서 쏜 우주선들도 똑같이 불시착했죠."

"봤어. 그래도 우주선들이 커서 박살 나서 떨어지지는 않았던데?"

"생존자들이 좀 있어요. 그동안 혼자 지내신 거예요?"

"호, 혼자는 아니었지."

썩은 이빨을 드러내며 웃는 심병규에게 가까스로 정신을 차린 히라이 겐지가 물었다.

"그럼 다른 동료들은요?"

"있었는데 없어졌어."

"서로 싸운 건가요?"

"연락이 끊기면서 갈등이 일어났지. 그러다가 조종자를 중심으로 서로 파벌이 생겼고, 싸우기 시작했어."

그다음이 어떻게 되었는지 말을 안 해도 알 것 같아서 다들 묻지 않았다. 내부를 살펴본 강도준이 그에게 조심스럽게 말했다.

"이베리아호가 바로 옆에 추락했던데요."

"머, 머리 위로 떨어지는 줄 알았지."

"녹색 끈끈이에게 다 잡혀간 겁니까?"

"비암의 소행이야."

"비암이 뭡니까?"

"날 비 자에 바위 암 자. 처음에 큰 바위라고 불렀는데 움직이는 걸 누가 날아다니는 것에 비유해서 비암이 되었지."

"탑승자들이 모두 당했나요?"

"살아남은 사람들이 있긴 했어. 정신없이 도망쳤고, 나도 숨어 있어서 정확한 숫자는 알 수 없어."

심병규의 얘기를 들은 성안나가 끼어들었다.

"이 행성에는 왜 괴물들이 있는 거죠?"

마치 심병규가 알고 있다는 것을 확신하는 것 같은 물음이라 강도준이 이상하다는 눈빛을 던졌다. 하지만 심병

규가 갑자기 발작을 일으키는 바람에 다들 깜짝 놀라고
말았다.

"괴물이다! 괴물이 나타났다. 아니야, 사람이야. 사람.
제발 안 돼. 그러지 마."

펄쩍펄쩍 뛰면서 고래고래 소리를 지르는 바람에 다들
깜짝 놀랐다. 강도준이 총을 겨누는 걸 본 성안나가 소리
쳤다.

"쏘지 말아요!"

하지만 강도준은 바로 방아쇠를 당겼다. 총에 맞기 직
전 심병규는 두 팔을 벌린 채 소리쳤다.

"이 행성이 괴물이라고!"

지직거리는 소리와 함께 심병규가 옆으로 푹 쓰러졌
다. 총을 고쳐 잡은 강도준이 말했다.

"출력을 최저로 했어. 잠깐 기절한 거야."

소동이 벌어지는 와중에 입구 쪽에 서 있던 남광혁이
갑자기 비명을 질렀다.

"녹색 끈끈이야!"

놀라서 돌아본 성안나의 눈에 입구에서 파도처럼 밀려
들어 오는 녹색 끈끈이들이 보였다. 뒷걸음치던 남광혁이
소리쳤다.

"우리들을 쫓아왔나 봐."

"어서 쏴!"

강도준의 외침에 남광혁이 총을 쐈다. 빠지직거리는 전자파들이 녹색 끈끈이들에 명중했다. 하지만 뒤로 살짝 물러나기만 할 뿐 계속 다가왔다. 강도준이 처절하게 외쳤다.

"더 이상 버티기 힘들 거 같아. 방법을 찾아봐."

성안나 역시 뾰족한 방법이 없었다. 이제 끝이라고 생각한 순간, 코앞까지 다가온 녹색 끈끈이들이 갑자기 물러났다. 썰물처럼 빠져나가는 녹색 끈끈이를 보면서 다들 어리둥절해하는 와중에 강도준이 외쳤다.

"지금 나가야 해. 안나랑 겐지가 심병규 대위를 부축해."

축 늘어진 심병규를 부축한 성안나는 총을 든 채 앞을 걷는 강도준과 남광혁의 뒤를 따랐다. 동굴 밖으로 나간 성안나는 왜 녹색 끈끈이들이 밀려났는지 알아차렸다. 새로운 괴물이 나타나서 심병규가 비암이라고 부르는 괴물과 맞서 싸우는 중이었다.

"저건 거미 괴물인가?"

"아니, 벌처럼 생겼어."

강도준의 얘기를 듣고 자세히 보니까 거미의 다리를 가진 말벌처럼 생겼다. 다리들은 금속 같은 질감인데 바닥에 닿는 부분이 마치 이빨이 달린 작은 입처럼 생겼다. 괴물이 움직이면서 허공에 뜰 때마다 턱턱거리는 소리가 들렸다. 성안나가 다리 달린 말벌이라고 부르기로 마음먹은 괴물은 녹색 끈끈이를 회수한 비암을 공격했다. 비암 역시 본 모습을 드러냈는데 거북이 같이 생긴 머리와 여섯 개의 지느러미 같은 것으로 몸을 움직였다. 다리 달린 말벌은 꼬리 부분에서 침 같은 것을 계속 날리는 중이었다. 벌침처럼 보였는데 대부분은 비암의 두꺼운 등을 뚫지 못했다. 그리고 입이 달린 다리로 바위처럼 생긴 비암의 등껍질을 찔러 댔다. 하지만 성안나와 일행들이 바위라고 생각했을 정도로 단단한 등껍질은 흠집 정도밖에 나지 않았다. 성안나는 멍하게 싸움을 지켜보던 일행들에게 말했다.

"어서 피해요!"

그녀의 말을 들은 일행들은 허겁지겁 반대쪽으로 도망쳤다. 성안나는 도망치면서도 둘의 싸움을 지켜봤다.

"지난번이랑 비슷하잖아."

세 개의 부리가 오랑우탄 괴물과 싸울 때와 똑같은 상황이었다. 괴물이 사람들을 습격하면 다른 괴물이 나타나서 싸우는 식이었다.

"마치 인간을 보호해 주는 것처럼 말이야."

성안나가 추측을 하는 사이 싸움은 격렬해졌다. 묵묵히 공격을 견디던 비암이 드디어 반격을 했는데 등에 붙은 돌들을 날리는 방식이었다. 어떻게 날리는지는 알 수 없었지만 꽤 위협적이었다. 비암의 반격에 다리 달린 말벌은 황급히 뒤로 물러났지만 다리와 몸통에 돌을 맞고 말았다. 다리가 꺾이면서 다리 달린 말벌은 옆으로 기울어졌다. 비암은 상대방이 주춤한 틈을 놓치지 않았다. 아까 성안나 일행을 공격한 녹색 끈끈이들을 입과 다리로 뱉어 냈다. 느린 비암과는 달리 녹색 끈끈이들은 빠르게 움직여서 다리 달린 말벌을 감쌌다. 양쪽의 싸움이 치열해지고, 그 사이에 어느 정도 거리를 확보한 일행은 숲에 들어가 몸을 숨겼다. 비암은 녹색 끈끈이에 둘러싸여서 발버둥을 치다가 옆으로 넘어진 다리 달린 말벌에게 다가갔다. 그걸 지켜보던 강도준이 중얼거렸다.

"너무 일방적이네."

그러자 성안나와 함께 심병규를 부축하고 왔던 히라이 겐지가 불쑥 말했다.

"쉽게 당하지는 않을 겁니다."

확신에 가득찬 히라이 겐지의 말이 끝나기가 무섭게 옆으로 쓰러져 있던 다리 달린 말벌의 반격이 시작되었다. 턱에 달린 날카로운 톱니 같은 이빨로 녹색의 끈끈이

들을 잘라 낸 다음에 다가오던 비암에게 회색 연기 같은
걸 뿜어냈다.

"거미줄이네?"

성안나의 중얼거림처럼 거미줄처럼 생긴 회색 연기는
비암의 얼굴을 뒤덮었다. 얼굴을 좌우로 흔든 비암이 고
통스러운 비명을 질렀다. 그 사이에 다리 달린 말벌은 몸
을 감싼, 남은 녹색 끈끈이들을 잘라 냈다. 위기에서 벗어
난 다리 달린 말벌은 입으로 회색 거미줄을 뿜어내면서
비암을 공격했다. 비암은 천천히 뒤로 물러나면서 반격의
기회를 노리는 거 같았다. 싸움을 지켜보던 히라이 겐지
가 말했다.

"이 틈에 어서 여기를 벗어납시다."

때마침 기절해 있던 심병규가 깨어났다. 주변을 두리
번거리던 그는 반사적으로 두 괴물이 싸우는 반대쪽으로
도망치기 시작했고, 성안나와 나머지 일행들이 뒤를 따랐
다. 정신없이 도망치는 일행 뒤로 괴물들이 내뱉는 괴성
이 들려왔다.

성안나와 일행들은 괴물들이 보이지 않을 정도로 한참
을 달린 후에야 다들 여기저기 흩어져서 숨을 몰아쉬었
다. 바닥에 쓰러져 숨을 몰아쉬던 성안나는 간신히 고개

를 들었다. 그리고 옆에서 마찬가지로 헐떡대고 있던 심병규에게 물었다.

"저런 괴물들은 어디서 나타나는 거죠?"

"나도 이 행성에서는 이방인이야. 아까 무슨 일이 일어난 거야?"

성안나가 간략하게 설명해 주자 심병규가 안타까운 표정을 지었다.

"아끼는 물건들이 많았는데 아쉽군."

"괴물들에 대해서 뭐 알고 있는 거 있어요?"

"나도 잘 몰라. 갑자기 나타나서 바람처럼 사라져 버렸으니까."

"다른 동료들은 괴물에게 당한 건가요?"

"그럼 셈이지."

성안나는 명확하지는 않았지만 뭔가 숨기고 있는 게 분명하다는 느낌을 받았다. 그녀와 눈이 마주친 강도준 역시 같은 생각이었는지 가볍게 눈을 깜빡거렸다. 일단 넘어가자는 뜻으로 받아들인 성안나는 심병규에게 말했다.

"우리랑 같이 가요."

"어디로?"

"우리들이 타고 온 온누리호가 추락한 곳이요. 거기에

생존자들이 제법 있어요."

얘기를 들은 심병규는 잠시 고민하다가 고개를 끄덕거렸다.

"어차피 살고 있던 곳이 들켰으니 다른 곳으로 가야지. 오랜만에 동포들을 만나 볼까?"

심병규의 얘기를 들은 강도준이 히라이 겐지에게 말했다.

"무전기로 상황을 보고하세요."

"예."

히라이 겐지는 무전기를 가지고 통신을 시작했다. 하지만 점점 어두운 표정으로 변했다. 뭔가 안 좋은 상황이 벌어졌다는 걸 짐작한 성안나가 물었다.

"무슨 일이에요?"

"온누리호가 괴물의 공격을 받았대."

"언제요?"

"아까, 우리가 비암에게 공격받았던 때랑 비슷한 시간 같아."

"피해는요?"

어두운 표정으로 고개를 저은 히라이 겐지가 말했다.

"꽤 많은 모양이야. 일단 온누리호의 잔해가 있는 곳을 떠나서 백두산으로 이동했대."

"산으로 옮겼다고요?"

"응. 평지라서 눈에 잘 띄어서 공격을 받았다고 생각했나 봐. 백두산은 높아서 주변을 감시하기 쉽고 숲이라서 숨기도 쉽잖아."

"큰일이네요."

"그러게. 사람이 살 만한 곳이라고 해서 왔는데 괴물들이 득실거리고 있으니 말이야."

한숨을 쉰 히라이 겐지의 표정에 이전에는 볼 수 없었던 절망감이 깃들었다. 그걸 본 강도준이 끼어들었다.

"일단 돌아가야지. 포기하긴 일러."

고개를 끄덕거린 성안나가 심병규를 바라봤다.

"이런 곳에서 어떻게 몇 년 동안 살아남은 거예요?"

잠시 침묵하던 심병규가 대수롭지 않다는 듯 어깨를 으쓱거렸다.

"가족들을 떠올리면서 버텼지. 우리에게 가족들을 다음 우주선에 태워 준다고 했거든. 그런데 돌아가는 꼴을 보니 안 태운 모양이군."

씁쓸한 표정의 심병규를 보며 성안나는 어머니가 떠올랐다.

"우리 어머니도 저랑 같이 왔었어요."

"문장이 과거형이구나."

"네, 불시착하면서 돌아가신 거 같아요."

심병규는 성안나에게 위로의 눈빛을 건넸다.

살아남는 방법

    일행은 지구 시간으로 약 사흘 후에 백두산에 도착했다. 멀리서 바라본 온누리호 주변 정착지는 완전히 파괴된 상태였다. 피난을 떠난 사람들은 백두산에 자리 잡았다. 숲이 무성하게 자라고 있어서 일단 눈에 잘 띄지 않았다. 이용득 선장은 다행히 크게 다치지 않았지만 옆에서 보좌하면서 무전기를 다루던 사관은 괴물의 습격으로 목숨을 잃고 말았다. 야트막하게 판 땅굴 속에 앉아 있던 이용득 선장은 침통한 표정으로 일행을 맞이했다.

    "피해를 너무 많이 입었어."

    "속수무책이었군요."

    성안나의 물음에 이용득 선장이 고개를 끄덕거렸다.

"조짐이 이상해서 준비를 하긴 했어. 우주선의 부품으로 투석기와 쇠뇌를 만들었거든."

"안 먹혔나요?"

"전혀. 마침 나타난 괴물이 온몸이 비늘로 된 두더지처럼 생긴 놈이기도 했지만 말이야. 땅속에서 불쑥 나타나서 쑥대밭으로 만들었어."

"얼마나 피해를 보았는데요?"

"사망자가 백 명이 넘고 부상자도 그 정도 생겼어. 약품이 부족해서 부상자들 상당수는 며칠을 못 넘길 거야. 다행히 보급품과 무전기는 확보했지만 말이야."

"이제 어떡하죠?"

이용득 선장이 눈빛을 반짝거리며 대답했다.

"버텨 봐야지. 지구에서처럼."

성안나와의 대화가 끝난 후, 강도준이 심병규를 소개했다. 이용득 선장이 계급과 군번을 듣더니 몇 명의 이름을 말했고, 심병규가 알고 있다고 대답하면서 대화가 이어졌다. 복잡하고 전문적인 용어들이 나왔고, 심병규가 더듬거리며 얘기하자 이용득 선장은 드디어 허심탄회하게 물었다.

"선배님. 대체 여기서 무슨 일이 일어났던 겁니까?"

심병규는 둘이 얘기하고 싶다고 말했다. 이용득 선장

이 앉아 있는 심병규의 어깨 너머로 눈짓을 했다. 성안나 일행은 잠자코 동굴 밖으로 나와야만 했다. 마지막으로 나온 강도준이 나와서는 피곤한지 기지개를 켰다. 밖으로 걸어 나온 성안나는 지나가는 사람에게 물었다.

"박민영 씨는 어딨어요?"

잠깐 걸음을 멈춘 상대방은 슬픈 표정을 짓고는 고개를 저었다.

"없어요."

"괴물한테 당했나요?"

억지로 눈물을 참은 성안나의 물음에 상대방은 온누리 호의 잔해가 있는 쪽을 바라보면서 고개를 저었다.

"아뇨, 숙소에서 스스로 목을 맸어요. 당신이 떠나고 나서요."

얘기를 들은 성안나는 그 자리에 풀썩 주저앉고 말았다.

"내, 내가 떠나서……."

어쩔 줄 몰라 하는 성안나를 위로해 준 건 히라이 겐지였다.

"힘내. 너 때문은 아닐 거야."

"그래도, 가지 말라고 했는데 내가 그냥 가 버렸거든요."

"너는 할 일을 한 거야. 그분은 4년이나 걸려서 여기 왔는데 사람이 도저히 살 수 없는 곳이라는 생각이 들었으니 극단적인 선택을 할 수밖에 없었을 거야."

"아무리 그래도."

"다나카 씨도 이번 습격에서 목숨을 잃었어."

히라이 겐지의 얘기를 들은 성안나는 씁쓸하게 대답했다.

"가까운 사람들이 목숨을 잃었네요."

"맞아. 그러니까 그들 몫까지 살아야지. 이 지옥 같은 행성을 빠져나가지 못하는 이상에는 말이야."

"우리가 과연 살아남을 수 있을까요?"

"심병규 씨도 몇 년 동안 잘 살아남았잖아. 우리는 숫자도 더 많고 보급품이랑 쓸 수 있는 것들이 많잖아. 그러니까 기운 내."

히라이 겐지의 말에 성안나는 고개를 끄덕거렸다. 히라이 겐지가 웃으며 손을 내밀었고, 성안나는 그 손을 잡고 일어났다. 좀 떨어진 곳에서 지켜보던 강도준이 다가왔다.

"우린 가서 좀 쉬자. 선장님이 면담 끝나고 따로 부른다고 하셨어."

성안나 일행은 강도준을 따라갔다. 나무 사이에 세워진 빈 천막이 보였고, 거기에 강도준이 들어갔다. 네 명이 쉬기에는 충분할 정도라서 다들 말없이 누워서 잠을 청했다.

    잠에서 깨어난 성안나 일행은 간단히 배를 채웠다. 강
도준은 이용득 선장을 만나러 자리를 뜬 상태였다. 거의
절반 정도로 줄어든 생존자들은 백두산 곳곳에 흩어져서
땅굴과 은신처를 만드는 중이었다. 괴물의 습격에 무기력
하게 당해서 그런지 웃음과 활력은 이미 사라진 지 오래
였다. 민족 간의 팽팽한 긴장감 같은 것도 보이지 않았다.
그걸 본 성안나가 중얼거렸다.
    "무기력해졌네요."
    물을 한 모금 마신 남광혁이 대답했다.
    "위기를 겪으면 다들 좌절하기 마련이지. 하지만 포기
할 수는 없잖아."
    "괴물이 너무 압도적이라서 어떻게 해 볼 수가 없잖아
요. 지난번에는 다른 괴물이 나타나서 막아 줬지만 이번
에는 그러지 않아서 큰 피해가 난 건데 이해가 잘 안 가
요."
    "뭐가?"
    "다른 괴물이 나타나서 싸운 것이요."
    "먹잇감을 두고 다퉜거나 아니면 영역 문제겠지."
    남광혁이 말한 먹잇감이 바로 자신을 포함한 인간이라

는 사실에 성안나는 크게 좌절했다. 그런 성안나의 모습을 본 남광혁이 말했다.

"바퀴벌레로 사는 것도 나쁘지 않을 거야. 좀 어둡고 지저분한 곳에서 살아야 하겠지만 말이야."

남광혁의 농담에 살짝 기분이 풀어진 성안나가 가볍게 웃었다. 그때 이용득 선장을 만나러 갔던 강도준이 돌아왔다.

"선장님이 오래."

그리고 히라이 겐지를 바라보며 덧붙였다.

"안나만 데리고 오라고 했어."

엉거주춤 일어나려고 하던 히라이 겐지는 말없이 도로 앉았다. 성안나는 앞장선 강도준의 뒤를 따라갔다. 이용득 선장이 있는 땅굴에 도착하자 밖에 있던 심병규가 어색하게 아는 척을 했다. 같이 들어갈 줄 알았지만 심병규는 바깥을 서성거렸다. 강도준 역시 따라 들어오지 않고 심병규에게 가서 말을 걸었다. 성안나가 둘을 바라봤지만 모른 척했다. 어색하고 이상한 분위기가 연출되는 가운데 성안나는 나무로 만든 문을 열고 안으로 들어갔다. 의자에 앉아서 무전기를 들고 있던 이용득 선장이 성안나를 보더니 빈자리를 권했다. 온누리호에서 뜯어 온 의자에 앉은 그녀에게 이용득 선장이 조심스럽게 말했다.

"몸은 좀 어떠니?"

"자고 났더니 괜찮아졌어요."

"식사는 했고?"

"네."

"그렇구나."

두 손을 싹싹 비비며 성안나를 바라보던 이용득 선장이 조심스럽게 얘기했다.

"심병규 대위와 얘기를 나눴다. 이곳에서 어떻게 생존했고, 왜 괴물이 나타나는지 말이야."

"뭐라고 하던가요?"

"일단 이곳에서 어떤 걸 먹을 수 있는지 얘기해 줬다. 비상식량이 줄어드는 상황이라 걱정이 많았는데 내일부터는 주변으로 사람을 보내서 채집할 생각이다. 일단은 심병규 대위가 도와준다고 했으니까 그를 따라서 움직여 다오."

"알겠습니다."

생각보다 덜 중요한 얘기인데 너무 분위기가 어색한 탓에 성안나는 주춤주춤 일어나려고 했는데, 그런 성안나를 바라보던 이용득 선장이 말했다.

"그리고 심병규 대위가 이상한 얘기를 했단다."

"어떤 이상한 얘기요?"

"괴물들이 인간들과 밀접한 연관이 있다고 말이야."

"우리랑 연관이 있다고요?"

성안나의 반문에 이용득 선장이 고개를 끄덕거렸다.

"횡설수설하긴 했는데 대충 인간과 괴물들이 정신적으로 연동이 되어 있다고 말이야."

"인간이 괴물들을 불러들여서 조종이라도 한단 얘기인가요?"

이해가 가지 않은 성안나의 물음에 이용득 선장이 복잡한 표정을 지었다.

"사실 횡설수설하는 편이라서 정확하게 이해하기 힘든 구석이 있어. 반복해서 한 말은 이 행성 자체가 괴물이라는 거랑 사람들이 괴물들을 불러들인다는 것이었어."

"행성 자체가 괴물이라는 얘기는 저도 들었어요."

"우리는 좋든 싫든 이곳에 정착해야 하고, 가장 중요한 문제는 식량 그다음이 괴물을 막는 대책이란다. 일단 이곳에 숨어 있으면서 괴물을 피하고, 식량을 수집하는 것으로 위기를 넘기려고 생각 중이다."

"그게 가능할까요?"

성안나의 질문에 알쏭달쏭한 얘기를 했다.

"사실 가장 큰 문제는 사람이기도 하지."

성안나가 무슨 뜻이냐고 묻자 이용득 선장은 별다른

뜻이 없었다며 지시를 내렸다.

"일단 심병규 대위와 함께 움직이면서 잘 지켜봐 다오. 뭔가 이상한 게 있거나 특이점이 있으면 나에게 바로 보고하고."

"그런 건 저 말고도 더 잘할 사람이 있을 거 같은데요?"

"심병규 대위가 다른 사람을 믿지 않더라. 식량 채집도 너랑 동행하는 조건으로 허락한 거야."

"저랑요?"

가볍게 고개를 끄덕거린 이용득 선장이 대답했다.

"지켜봐야 할 지점이 한두 개가 아니야. 다들 여명호에 대해서 쉬쉬했지만 소문은 돌았지. 거기에 탑승한 2백 명의 승무원은 전쟁을 겪은 베테랑들이었어. 몇 년이라는 시간이 흐르긴 했지만 심병규 대위만 살아남았다는 점이 이상해. 식량이랑 약품은 충분했거든."

"괴물들에게 당한 거 아닐까요?"

"그 부분이 명확하지 않아. 사실 여명호에는 내 매형도 타고 있었단다. 고일환 소령."

"아."

"어떻게 되었냐고 물어봤더니 자살했다고 했어. 그런데 매형은 독실한 가톨릭 신자야. 죽으면 죽었지 자살할 사람은 아니야."

"그럼 거짓말을 했다는 뜻인가요?"

"여긴 모든 게 불확실해. 가톨릭 신자라고 해도 충격을 받고 스스로 목숨을 끊을 수도 있으니까 말이야. 확실한 건 심병규 대위가 뭔가 말을 하지 않는 게 있고, 그게 우리가 알고 싶어 하는 진실에 가까울 수도 있다는 것이지. 확실한 건."

잠깐 입을 다물고 생각에 잠겼던 이용득 선장이 확신에 찬 목소리로 덧붙였다.

"이 빌어먹을 행성에서 살아남으려면 괴물과 인간과의 연관성을 밝혀내야 한다는 거야. 그 일을 할 수 있는 것은 지금으로서는 너밖에 없어."

"제가요?"

"심병규 대위를 잘 구슬려 봐. 비밀을 알아내야만 우리가 살아남을 수 있으니까."

성안나가 대답을 하려는 찰나, 강도준이 동굴의 문을 열었다.

"나와 보셔야겠습니다. 선장님."

표정이 심상치 않은 것을 느낀 이용득 선장이 모자를 쓰고 밖으로 나갔고, 성안나도 따라서 나갔다. 밖으로 나간 성안나는 그 사이 안개가 자욱하게 끼었다는 것을 깨달았다. 백두산 중턱까지 깔린 자욱한 안개 너머로 뭔가 부딪히는 소리가 들렸다. 귀를 쫑긋 세운 성안나에게 히라이 겐지가 말했다.

"온누리호가 불시착한 쪽이야."

"무슨 소리죠?"

"괴물들끼리 싸우는 거 같아."

"또 나타났어요?"

"응, 안개가 끼기 직전에 네 개의 다리를 가진 거미 같은 괴물이 나타났어. 그리고 조금 후에 다리 달린 말벌이 모습을 드러냈고."

"지난번에 비암이랑 싸웠던 그 괴물이요?"

고개를 끄덕거린 히라이 겐지가 손가락을 들어서 싸움이 나고 있는 쪽을 가리켰다.

"그리고 조금 전에 새처럼 생긴 괴물이 또 나타났어."

"부리가 갈라진 그 괴물이요?"

"응, 다리 달린 말벌이랑 힘을 합쳐서 거미 괴물이랑 싸우는 것까지 봤어. 그리고 바로 안개가 끼었고."

보이지는 않았지만 괴물들이 내는 소리와 충돌음 그리고 뭔가를 뿜어 내거나 쏠 때 보이는 색깔들로 인해서 치열한 싸움이 벌어지고 있다는 건 확실했다. 이런저런 일을 하던 생존자들도 하나둘씩 하던 일을 멈추고 모여들었다. 생존을 위협하는 괴물들을 어떻게 할 수 없다는 좌절

감과 두려움이 뒤섞인 눈길은 결국 안개를 뚫지 못했다.

얼마 후, 안개가 사라지고 괴물들은 흔적도 보이지 않았다. 생존자들은 따로 시키지 않았는데 땅굴을 파는 일에 몰두했다. 성안나는 강도준과 남광혁 그리고 히라이 겐지와 함께 심병규를 따라나섰다. 종잡을 수 없던 심병규는 기분이 좋아졌는지 콧노래를 흥얼거리며 백두산에서 내려왔다. 앞장선 그의 뒤를 강도준이 바짝 따라갔는데 어깨에 멘 총구의 방향이 심병규 쪽이었다. 하지만 심병규는 개의치 않고 앞장서서 걸으면서 이것저것 얘기를 했다.

"여기 뽀글뽀글한 잎사귀는 먹을 수 있어. 하지만 구멍이 난 건 먹으면 안 돼. 그걸 먹었던 동료가 두 시간 만에 피를 토하면서 죽었거든."

심병규가 가리킨 뽀글뽀글한 잎사귀를 떼어 낸 성안나가 물었다.

"그냥 먹으면 되는 건가요?"

"배고플 때는 그냥 먹어도 되지만 아무 맛도 나지 않아. 물에 넣고 살짝 데치면 잡내 같은 향이 사라지고 좀 더 부드러워져."

성안나는 조심스럽게 뽀글뽀글한 잎사귀를 한 조각 먹

어 봤다. 심병규의 얘기대로 아무 맛도 나지 않았다. 둘의 대화를 듣던 남광혁이 물었다.

"물은 어디서 얻습니까?"

"땅을 파면 나와. 가다 보면 검은색 흙이 보이지?"

"네."

"거길 파면 금방 물이 고여. 바로 먹으면 배탈이 나니까 반나절쯤 놔둔 다음에 윗부분만 마셔야 해. 절반 정도까지는 괜찮아."

그런 식으로 글라디우스 행성에서 얻을 수 있는 것들에 관해서 이야기를 하면서 계속 전진했다. 두 번째 목적인 온누리호의 잔해 쪽으로 가서 괴물들이 싸우고 난 흔적들을 살펴보기로 했다. 안개가 가신 지 얼마 되지 않아서인지 바닥에는 희미한 안개가 고여 있는 것처럼 보였다. 그걸 내려다본 성안나가 중얼거렸다.

"이 안개들은 어디서 오는 걸까?"

그녀의 얘기를 들은 심병규가 말했다.

"바닥에서 스며 나와."

"땅에서요?"

"응, 언제 어떤 방식인지는 모르지만 마치 연기처럼 뿜어져 나왔다가 일정 시간이 지나면 다시 땅속으로 사라져. 연기를 마신다고 특별히 문제가 생기지는 않지만 오랫동안 있으면 두통이랑 현기증이 생기기도 해."

심병규에게서 이런저런 얘기를 들으면서 숲을 가로질러 갔다.

온누리호의 잔해는 더욱 크게 파괴된 상태였고, 사방에 땅이 파여 있었다. 괴물들이 흘린 피 같은 것으로 보이는 액체들도 바닥에 흩뿌려져 있었다. 그걸 본 성안나가 심병규에게 물었다.

"괴물들이 나타날 때 어떤 징조 같은 게 있나요? 예컨대 안개 같은 거요."

질문을 받은 심병규가 고개를 저었다.

"그런 건 없어. 갑자기 나타났다가 뜬금없이 사라졌거든."

"괴물들의 종류는요?"

"자주 나타나는 놈들이 있긴 했지만 잘 모르겠어."

알 수 없다고 대답했지만 뭔가 숨기고 있는 게 분명했다. 그나마 성안나가 물어볼 때나 성의 있게 대답할 뿐, 다른 사람의 물음에는 짧게 대답하거나 무시했다. 특히, 히라이 겐지는 대놓고 무시하는 바람에 뒤로 한참 쳐진 상태에서 걸어야만 했다. 성안나는 계속 괴물에 관해서 물었다.

"괴물들은 뭘 먹는 거죠? 체구를 보면 엄청 많이 먹어야 할 거 같은데요?"

"뭘 먹거나 잠을 자는 걸 본 적이 없어. 마치 환상 같아."

"환상이요?"

"응, 우리 마음에 있는 환상. 불쑥 나타났다가 사라지잖아."

원하는 답변은 아니었지만 그렇다고 틀린 얘기는 아니라서 성안나는 더 물어보지 못했다. 성안나의 질문이 끝나자 이번에는 반대로 심병규의 질문이 이어졌다. 그러다가 엄마가 실종되었다는 말에 심병규가 대답했다.

"포기하지 마."

옆에서 듣고 있던 강도준이 끼어들었다.

"희망을 잃지 않는 건 상관없지만 너무 헛된 희망은 심어 주지 마세요."

"왜 탈출 캡슐이 추락하면서 부서졌을 거 같아?"

성안나의 눈치를 살핀 강도준이 대답했다.

"꼭 그런 건 아니지만."

"이 행성은 우주선은 받아들이지 않지만 사람들은 받아들여."

"그게 무슨 뜻입니까?"

"글자 그대로지. 우주선은 대기권을 통과하지 못하지

만 사람은 다 받아들였어."

"그런 과학적이지 않은……."

"우주군 출신이니까 잘 알겠지만 대기권 돌파 중에 우주선이 파손되면 생존율은 10퍼센트가 넘지 않아."

"맞습니다."

"그런데 온누리호도 그렇고 다른 우주선도 그 이상이 살아남았어. 약속이나 한 듯 말이야. 우리도 절반 이상이 살아서 글라디우스 행성의 발을 디뎠고 말이야. 그러니까 죽는 걸 직접 보지 않았다면 단정하지 마."

심병규의 얘기를 들은 성안나는 다시금 희망의 불씨를 키웠다. 반나절 정도 온누리호 주변을 돌면서 이것저것 살펴본 일행은 백두산으로 돌아왔다. 성안나는 채집한 식물들을 이용득 선장에게 보여 줬고, 산 중턱에 있는 검은 흙을 팠다. 심병규의 얘기대로 금방 물이 스며 나왔다. 사람들이 환호성을 지르는 와중에 성안나는 심병규에게 들었던 주의 사항을 알려 줬다. 다행스럽게도 뽀글뽀글한 잎사귀는 백두산 주변에 엄청나게 많아서 식량 문제도 일단 해결할 수 있었다. 오랜만에 행복해하는 그들을 보면서 성안나는 안도감과 함께 잠깐 잊었던 어머니에 대한 그리움을 뼛속 깊이 느꼈다.

어머니의 행방

    그렇게 몇 달이 순식간에 지나갔다. 식량과 물을 확보한 온누리호의 생존자들은 백두산이라고 부르는 산을 중심으로 정착지를 만들었다. 괴물이 나타나면 피할 수 있는 지하 공간을 만들고 맛은 없지만 먹을 수 있는 뽀글뽀글하게 생긴 잎사귀들을 차곡차곡 저장했다. 가장 중요한 물 역시 산 중턱에 검은 흙이 있는 곳을 찾아내면서 해결할 수 있었다. 그렇게 시간이 흐르면서 글라디우스 행성에 온 사람들 사이에서 차이가 생겼다. 백두산에 자리 잡은 온누리호의 생존자들처럼 정착지를 만들고 식량을 확보한 생존자들을 정착민이라고 불렀다. 반대로 식량을 확보하지 못하고, 떠돌아다니면서 생존하는 사람들을 방랑자 내지는 떠돌이라고 불렀다. 주로 우주선을 타고 글라디우스 행성에 불시착한 사람들이 정착민이 되었다. 우주선에 있는 대량의 식량들을 확보할 수 있었고, 파괴된 우주선의 자재와 부품들을 이용할 수 있었기 때문이다. 반대로 탈출 캡슐을 이용한 사람들은 방랑자가 되었다. 탈출 캡슐에는 비상식량이 별로 없었기 때문이다. 처음에는 정착민들이 떠돌이들을 받아 주었다. 하지만 식량과 주도권을 둘러싼 갈등이 벌어지면서 정착민들은 더 이상 떠돌이들을 받아 주지 않았다. 떠돌이 역시 식량은 필요했지만 다른 걸 줄 수 없었기 때문에 가진 자들의 것을 빼앗아야만 했다. 그래서 몇 군데 정착지에서는 정착민과 떠돌이들과의 충돌이 이어졌다. 무전기를 통해 그 소식을 전해 들은 이용득 선장은 거주지 주변에 우주선의 파편과 나무로 방벽을 쌓고 망루를 세웠다. 사람들이 줄을 당겨서 망루를 세우는 걸 본 성안나가 강도준에게 물었다.

"이런 걸로 방랑자들의 습격을 막을 수 있을까요?"

"최소한 기습은 안 당하겠지. 마그나 카르타호의 생존자들이 세운 캠프가 어떻게 기습당했는지는 들었지?"

"네. 물물교환을 한다고 했다가 하면서 갑자기 들이닥쳤다고 들었어요."

"밀어내긴 했지만 사상자가 50명이 넘었어. 그러니까

조심해야지.”

“생각보다 많이 살아남긴 했나 봐요.”

“탈출 캡슐을 타고 내려온 상당수가 살아남긴 한 거 같아. 식량이 부족한 게 문제지.”

“그나마 우린 다행히 습격을 받지 않았네요.”

“높은 산 위에 있고 자급자족이 가능하니까 다른 쪽과 갈등을 일으킬 일이 없잖아. 그래도 방심은 금물이야.”

“맞아요. 그나저나 괴물들은 별로 나타나지 않네요.”

“그래도 방심하지 마. 지난번에 나타난 어깨에 뿔이 달린 괴물은 세 개의 부리가 아니었으면 여길 다 태울 기세였잖아.”

“그런데 정말 이상해요.”

망루가 세워지자 줄을 당기던 사람들이 환호성을 질렀다. 잠깐 대화가 끊어졌다가 강도준이 성안나에게 물었다.

“뭐가 이상한데?”

“어떤 괴물들이 나타나서 여길 공격하려고 하면 몇몇 괴물들이 불쑥 나타나서 막아 주잖아요.”

“그렇긴 하네. 세 개의 부리랑 다리 달린 말벌이 번갈아 가면서 나타났지?”

“네. 영역 다툼이라고 보는 사람도 있는데 그러면 우리도 쫓아내야 하잖아요. 자기네 땅인데."

"맞아. 괴물은 여러모로 미스터리한 존재지. 그나저나 심병규 대위는 여전해?"

강도준의 조심스러운 물음에 성안나가 고개를 끄덕거렸다.

"네. 요즘은 거의 나오지도 않아요."

심병규는 여전히 알고 있는 것을 말하지 않은 채 홀로 동굴 속에서 지냈다. 그나마 성안나가 찾아갔을 때에만 입을 열었다. 이용득 선장도 자주 찾아갔지만 원하는 답을 듣지는 못하는 거 같았다. 몇 달 동안 백두산 정착지는 겉으로는 평온해 보였다. 방랑자들의 습격을 받은 적도 없었고, 괴물이 직접 공격한 적도 없었기 때문이다. 하지만 시간이 지날수록 내부에서의 갈등이 심해졌다. 특히, 다나카가 죽은 이후 구심점을 잃은 일본인 집단이 문제였다. 히라이 겐지가 많이 말리는 편이었지만 과격한 주장들이 흘러나왔다. 지난번 습격 때 중국과 동남아 사람들이 많이 피해를 본 것을 보고 한국인들이 방치했다는 식의 음모론 때문이었다. 덕분에 히라이 겐지 역시 주변의 눈치를 보는지 성안나와 가깝게 지내지 못했다. 생활은 안정을 찾아가고 있지만 마음속은 점점 말라 가는 중이었다. 망루가 다 올라가자 사람들은 환하게 웃으며 서로의 어깨를 두드려 주고 격려해 줬다. 그중에 몇 명은 서로 애틋한 눈길을 주고받았다. 생존자들 사이에서 커플이 생겼고, 몇 명은 임신을 했다는 소문이 돌기도 했다. 가족들과 친구들을 잃은 슬픔을 다른 가족을 만드는 것으로 채워 나가는 것이었다.

머리가 복잡해진 성안나를 본 강도준이 말했다.

"머리가 아픈 모양이네. 좀 쉬어. 어차피 이따 너랑 나랑 불침번이잖아."

오래 지내면서 알게 되었는데 지구 시간으로 한 달에 한 번 정도는 어둠이 찾아왔다. 하루 정도는 빛이 없는 밤이 지속되어서 사람들은 그걸 '깊은 밤'이라고 불렀다.

"그럴게요."

숙소로 쓰는 땅굴 안으로 들어간 성안나는 풀로 만든 침대 위에 누웠다. 눈을 감고 잠을 청하려던 성안나는 깜짝 놀라고 말았다. 눈을 감자마자 세 개의 부리가 선명하게 보인 것이다.

"왜지?"

최근에는 잠을 청할 때마다 세 개의 부리가 보였다. 어딘가를 걷고 있거나 서 있는 모습부터, 다른 괴물들과 싸우는 모습들을 마치 옆에서 지켜보는 것처럼 꿈을 꾸었다. 어떤 징조일지 모른다는 생각과 불안감이 함께 들면서 누구에게도 얘기하지 못하고 끙끙 앓기만 했다. 결국 잠을 제대로 청하지도 못한 성안나는 강도준과 함께 야간 경계를 서기 위해 망루 위로 올라갔다. 주변은 빛 하나 없이 어두웠다. 하지만 떠돌이나 괴물이 언제 나타날지 모르는 일이라 바짝 긴장해야만 했다. 나무를 엮어서 만든 의자에 앉은 성안나에게 망루의 난간에 기댄 채 바깥을 살펴보던 강도준이 물었다.

"심병규 대위는 여전해?"

"네, 가끔 횡설수설하고 다른 때는 입을 닫고 있어요."

"몇 년 동안 혼자 지냈다고는 하지만 너무 이상한데."

"선장님도 같은 얘기를 하시긴 했어요. 뭔가 감추는 게 분명하다면서요."

"혹시 동료들을 죽인 건 아닐까?"

그런 생각을 안 해 본 건 아니었던 성안나는 긍정도 부정도 하지 않았다.

"만약 그랬다면 어떤 이유였을까요?"

"먹을 게 부족했거나 갈등이 일어났을 수도 있어."

"베테랑 군인이라고 하지 않았어요?"

"고립된 상태에서 언제 구출될지 모르는 상황이라면 충분히 벌어질 수 있지."

도무지 모를 일이라고 생각하던 성안나의 눈에 불덩어리가 보였다. 처음에는 손톱보다 작아 보이던 불덩어리는 삽시간에 커졌다. 멍하게 바라보던 성안나를 강도준이 끌어 앉혔다.

"위험해!"

망루를 아슬아슬하게 스쳐 지나간 불덩어리는 정착지 안쪽으로 떨어졌다. 그걸 시작으로 여러 개의 불덩어리가 날아왔다.

"습격이다! 습격!"

강도준이 큰 목소리로 외치는 것과 동시에 백두산 중턱에서 횃불들이 일제히 켜졌다. 정착지를 포위하듯 켜진 횃불들을 본 성안나는 강도준에게 말했다.

"떠돌이들 같아요."

"그런 거 같아. 위험하니까 내려가자."

성안나는 강도준과 함께 사다리를 타고 망루를 내려왔다. 그사이, 소리를 듣고 나온 정착민들이 무기를 들고 방벽에 올라갔다. 이용득 선장의 주도하에 연습한 대로 움직인 것이다. 쉴 새 없이 불덩어리가 날아와서 정착지 곳곳에 떨어졌다. 그리고 횃불들이 서서히 움직이기 시작했다.

"돌을 굴려!"

이용득 선장의 외침에 방벽 곳곳에 미리 준비되어 있던 돌들이 떨어졌다. 요란한 소리와 함께 돌들이 굴러떨어지면서 몇 개의 횃불들을 치고 지나갔고, 사람 비명이 들려왔다. 하지만 요란한 함성이 점점 가까이 다가왔다. 방벽에 올라선 사람들은 우주선의 부품을 뜯어서 만든 창과 방패, 그리고 쇠뇌 같은 것을 가지고 반격을 시작했다. 마침내 어둠을 뚫고 나온 떠돌이들이 방벽에 달라붙었다. 하나같이 덥수룩한 수염에 나무껍질로 만든 갑옷 같은 것을 입고 있었다. 역시 조잡하게 만든 무기와 함께 나무로 만든 사다리를 가지고 나타났다. 그리고 방벽에 사다리를 걸어서 타고 넘어오려고 했다. 강도준은 사다리가 걸린 쪽으로 다가가서는 미리 준비한 막대기로 사다리를 밀었다. 사다리를 타고 올라오던 떠돌이들이 괴성을 지르며 아래로 떨어졌다. 사다리를 타고 넘어오려는 시도 외에도 망치 같은 것으로 방벽을 부수려는 시도도 있었다. 하지만 방벽 위에서 떨어뜨린 돌과 나무 때문에 시도는 실패로 돌아갔다. 처음 겪은 공격이었지만 백두산의 정착민들은 잘 버텼다. 성안나는 미리 준비한 무기를 운반하고 부상자를 치료하는 일을 도왔다. 떠돌이들은 쇠뇌 대신에 돌팔매를 이용해서 돌을 날렸는데 거기에 맞은 정착민들이 꽤 많았다. 부상자를 치료하던 성안나는 손등에 피를 흘리며 나타난 히라이 겐지를 보고 놀랐다.

"괜찮아?"

히라이 겐지는 대답 대신 고개를 끄덕거렸다. 성안나는 재빨리 피를 닦아 주고 상처에 붕대를 감았다.

"상황은 어때?"

붕대를 감아 주던 그녀의 물음에 히라이 겐지가 입을 열었다.

"잘 막아 내고 있어."

"누가 공격해 온 건데?"

"목소리를 들어 보면 한국인이랑 일본인들이 주축인 거 같아."

"맙소사."

"공격해 온 숫자가 많은 편은 아니라서 아직은 잘 막아 내고 있어."

히라이 겐지가 얘기하는 와중에 낯선 소리가 들렸다. 주변을 두리번거린 성안나가 중얼거렸다.

"엔진 소리 같은데? 뭐지?"

잠시 후 한층 커진 엔진 소리와 함께 거대한 쇳덩어리가 방벽을 부쉈다. 방벽의 파편과 함께 위에 있던 정착민들이 먼지처럼 날아갔다. 성안나에게도 파편이 날아와서 머리에 맞고 말았다.

"억!"

짧은 비명과 함께 쓰러진 성안나는 흐릿한 의식 속에서 주변을 돌아봤다. 방벽을 부순 것은 뾰족한 쇳덩어리를 앞에 단 탐사용 차량이었다. 방벽을 부수고 방벽 안으로 들어온 차량의 문이 열리고 떠돌이들이 우르르 내리는 게 보였다. 스턴 건 같은 총으로 무장한 떠돌이들이 사방으로 쏘아 대고 불덩어리를 집어 던졌다. 잘 버티던 정착민들은 갑작스러운 돌파에 어쩔 줄 몰라 하는 게 쓰러져 있던 성안나의 눈에 보였다. 그 와중에 수염이 덥수룩한 떠돌이가 쓰러진 성안나에게 다가왔다. 손에는 우주선의 파편으로 만든 도끼 같은 걸 들고 있었다. 옆에 있던 히라이 겐지가 막으려고 했지만 떠돌이가 휘두른 도끼에 어깨를 찍히면서 주저앉고 말았다. 성안나는 자신 때문에 피를 흘리고 쓰러진 히라이 겐지를 안타까운 눈으로 바라봤다.

그때 성안나의 귀에 낯익은 울음소리가 들렸다.

"세 개의 부리!"

어둠 속이었지만 싸움이 벌어지고 있는 백두산의 정착지 위로 세 개의 부리가 날갯짓하는 소리가 선명하게 들려왔다. 도끼를 든 떠돌이도 놀라서 어두운 하늘을 올려다봤다. 성안나는 그 틈을 노려서 몸을 일으켰다. 그리고 몸을 날려서 상대방을 쓰러뜨렸다. 갑작스러운 기습 공격에 놀란 상대방이 도끼를 떨어뜨리자 성안나는 그걸 집어서 목을 눌렀다. 놀란 떠돌이가 외쳤다.

"사, 살려주세요!"

위압적인 모습과는 달리 겁에 질린 목소리에 성안나는 저도 모르게 웃을 뻔했다. 가까스로 일어난 히라이 겐지가 다가와서 도끼를 넘겨받았다.

"괴물이 진짜 적절할 때 나타났네."

정착지의 방벽 바깥에 내려선 세 개의 부리는 날개를 활짝 펼쳤다. 그리고 부리를 합쳐서 파장을 날렸다. 공격을 받은 건 정착지를 공격하던 떠돌이들이었는데 몇 명은 충격에 못 이겨 허공으로 날아갔고, 피를 토하며 쓰러졌다. 세 개의 부리는 날개를 접었다 펴면서 비늘을 몇 개 날렸다. 날카로운 비늘에 베이거나 찔린 떠돌이들의 비명이 어둠을 뚫고 들려왔다. 그것으로 순식간에 떠돌이들의 기세는 누그러졌다. 무기를 버린 떠돌이들이 백두산 아래로 도망쳤고, 나머지는 정착민들에게 붙잡혔다. 둘에게 붙잡힌 떠돌이도 정착민들에게 끌려갔다. 서둘러 히라이 겐지의 어깨에 난 상처를 살피던 성안나는 또 다른 소리를 들었다. 새의 울음소리와 닮은 세 개의 부리와는 달리

가벼운 날갯짓 같은 울음소리였다. 이번에는 히라이 겐지가 알아들었다.

"다리 달린 말벌이야."

백두산 아래에 나타난 다리 달린 말벌은 도망쳐 내려온 떠돌이들에게 회색 거미줄 같은 걸 쏘아 댔다. 거미줄을 뒤집어쓴 떠돌이들이 글자 그대로 녹아내리고 말았다. 그리고 거미같이 생긴 다리로 떠돌이들을 눌러 버렸다. 머리와 몸통이 터진 떠돌이들이 더 이상 움직이지 못한 채 쓰러졌다. 그것으로 싸움은 끝나 버렸다. 떠돌이들을 학살한 괴물들은 글라디우스 행성의 안개처럼 스르륵 사라져 버렸다. 마지막으로 저항한 것은 탐사 차를 타고 방벽을 뚫고 온 쪽이었다. 하지만 정착민들이 무기를 들고 사방에서 몰려들자 저항을 포기하고 무기를 버렸다. 그 와중에 어둠이 끝나고 빛이 찾아왔다. 세상이 환해지면서 엉망진창이 된 방벽과 정착지의 모습이 보였다. 괴물들 덕분에 위기를 넘기기는 했지만 정착민들은 적지 않은 피해를 입었다. 성안나는 히라이 겐지의 어깨 부상을 치료하고 다른 부상자들을 돌봤다. 죽은 사람들은 한쪽에 나란히 눕혔고, 그 옆에 공격했다가 붙잡힌 떠돌이들이 끌려와서 무릎이 꿇려졌다. 그들의 공격에 피해를 본 정착민들이 몰려와서 당장이라도 죽일 것처럼 고함을 지르고 소리를 쳤다. 이용득 선장이 나서서 겨우 뜯어말렸다. 하지만 정착민들의 분노는 하늘을 찔렀고, 결국 이용득 선장이 타협안을 내놨다.

"우리 정착민을 죽인 자는 사형에 처하고 나머지는 감금한 다음에 처리하겠습니다."

당장 정착민을 죽인 떠돌이가 지목되어서 끌려 나왔다. 그리고 몇 발짝 움직이기도 전에 정착민이 휘두른 도끼와 창에 목숨을 잃었다. 부상자들을 치료하던 성안나는 그걸 보면서 오들오들 떨었다. 어깨를 붕대로 감싼 히라이 겐지가 다가와서 다독거려줬다.

"괜찮아?"

"끔찍해."

"어쩔 수 없지. 그냥 풀어 주면 또 공격할지도 모르잖아. 그나저나."

주변을 살핀 히라이 겐지가 조심스럽게 물었다.

"너도 괴물이 나오는 꿈을 꾼 적 있니?"

깜짝 놀란 성안나가 히라이 겐지를 바라봤다. 마른침을 삼킨 히라이 겐지가 말했다.

"나는 다리 달린 말벌이 나오는 꿈을 꿨어."

"언제부터?"

"한두 달 전?"

"나도 비슷해."

"그리고 오늘 둘 다 나타나서 떠돌이들을 물리쳤어."

그게 무엇을 의미하는지 깨달은 성안나는 어찌할 바를 몰랐다. 히라이 겐지 역시 복잡미묘한 표정을 지었다. 그때 뒤에서 목소리가 불쑥 끼어들었다.

"맞아. 너희들은 괴물과 연동되어 있어. 정신적으로 말이야."

목소리의 주인공은 심병규였다. 그의 옆에는 강도준이 서 있었다. 성안나가 심병규에게 물었다.

"그게 무슨 말이에요?"

"여명호를 타고 행성에 온 사람들 중 몇 명에게 그런 능력이 있었어."

"괴물과 교감한다고요?"

"나중에는 조종까지 할 수 있었어. 우린 그들을 '조종자'라고 불렀다."

"어떻게 그런 능력이 생기는 거죠?"

성안나의 물음에 심병규가 고개를 저었다.

"정확하게는 몰라. 확실한 건 이곳에 내려올 때 주황빛을 본 사람들이 조종자가 되었지. 너희들도 주황빛을 봤지?"

서로의 얼굴을 바라보던 성안나와 히라이 겐지가 동시

에 고개를 끄덕거렸다. 그리고 성안나가 다시 물었다.

"그들은 다 어디 갔나요?"

"지배자가 되었다가 죽임을 당했지. 조종자에게 원한을 품은 사람들에게 말이야."

"너무 어려워요."

"상황이 그만큼 복잡했어. 불시착한 여명호의 생존자는 112명이었어. 그리고 미국이 보낸 워싱턴호에서는 68명이 살아남았지."

"미국에서도 보냈나요?"

성안나의 물음에 심병규가 쓴웃음을 지었다.

"신우크라이나 연방에서도 보냈지만 거긴 생존자가 없었어. 아무튼 처음에는 서로 모여서 힘을 합쳤지. 그러다가 갑자기 괴물이 나타났고, 다른 괴물이 나타나서 그걸 막아서는 일이 벌어졌어, 처음에는 우연이라고 생각했지만 나중에 누군가 괴물과 교감한다는 걸 알게 되었지. 괴물은 마치 수호자처럼 조종자가 위기에 처하면 나타나서 도와주곤 했단다. 여명호에서 두 명, 워싱턴호에서 한 명의 조종자가 나왔지."

"그런데 왜 죽은 거죠?"

"세 명 모두 자신에게 그런 능력이 있다는 걸 알고는 다른 사람들을 지배하려고 했어. 처음에는 보호를 받는다는 생각에 고개를 숙였지만 불만이 생겼지. 그러다가 조종자들의 괴물들이 서로 싸웠고, 한 마리만 살아남았어. 그리고 모두 그의 지배를 받았지. 하지만 불만을 품은 몇 명이 그를 암살했어. 그리고."

말끝을 흐린 심병규는 차례차례 끌려 나와 처형당하는 떠돌이들을 보면서 말을 이어갔다.

"파멸이 찾아왔지. 조종자를 잃은 괴물이 나타나서 모든 것을 파괴해 버렸지. 결국 나랑 몇 명만 살아남았지만 다른 사람들은 상처를 입은 상태라 차례대로 세상을 떠났어."

심병규는 말을 멈추었다가 이어서 이야기했다.

"조종자들은 힘을 얻게 되니까 변했지. 그래서 여기에 와서도 계속 아무 말도 하지 않았던 거야."

"누가 조종자일지 몰라서요?"

성안나의 물음에 심병규가 한숨과 함께 고개를 끄덕거렸다.

"맞아. 포악한 성격을 가진 조종자가 나오면 안 되니까 말이야. 그런데 다행히 너희 둘은 그런 쪽과는 거리가 멀어 보이는구나."

심병규의 얘기를 들은 성안나와 히라이 겐지는 서로의 얼굴을 바라봤다. 가까스로 정신을 차린 성안나가 물었다.

"조종자가 되는 건 좋은 일인가요?"

"그건 어떤 마음을 먹느냐에 따라 달라. 우리 때의 조종자도 정의롭고 좋은 사람이었어. 하지만 변해 갔지. 어둡게 말이야."

예상 밖의 상황에 굳어 있던 성안나는 붙잡힌 떠돌이들 사이에서 귀에 익은 목소리를 들었다.

"신의 이름으로 나를 용서해 줘. 제발 살려 줘!"

성안나는 얼굴을 찌푸리며 고개를 돌렸다.

"이건 소리 같은데?"

히라이 겐지 역시 같은 얘기를 했다.

"그러게, 꼭 미친 목소리 같잖아."

둘이 나란히 고개를 돌려서 바라봤다. 수염이 덥수룩하고 머리도 길어서 알아보기 어려웠지만 특유의 째지는 목소리는 단번에 알아들을 수 있었다. 정착민들도 미친 목소리를 알아보고는 신을 찾더니 도적이 되었다는 비웃음을 날렸다. 그리고 너나 할 거 없이 끌고 나와서 도끼로 목을 치려고 했다. 발버둥을 치던 소리는 발길질을 당하며 바닥에 엎어졌다. 그 상태에서 살려 달라고 고래고래 소리를 치던 그는 먼발치서 지켜보는 성안나를 발견했다. 잠깐 눈을 껌뻑거리던 소리는 성안나에게 외쳤다.

"네 엄마를 봤어!"

깜짝 놀란 성안나가 바라보자 소리는 더욱 크게 외쳤다.

"네 엄마를 봤다고. 제발 좀 살려 줘!"

성안나가 다가오자 사람들이 썰물처럼 물러났다. 성안나가 다가오자 소리가 누런 이빨을 드러내며 웃었다. 그 앞에 선 성안나가 차갑게 말했다.

"거짓말."

"아니야. 분명히 네 엄마를 봤어. 봤다고!"

"넌 입만 열면 거짓말을 하잖아. 안 그래?"

"아니야. 신에 맹세코 진실이야. 진실이란 말이야."

"좋아. 어디 있어?"

"날 풀어 주면 알려 줄게."

소리의 대답을 들은 성안나는 옆에 정착민이 들고 있던 도끼를 빼앗았다.

"못 믿겠어."

"아, 알았어. 북쪽에 있어. 노예들의 도시에서 봤어."

"노예들의 도시?"

"그렇게들 불러. 원래는 스칸디나비아 연맹에서 쏜 구스타프호가 불시착한 곳인데 거기에서 노예들을 사고팔아."

"노예?"

"떠돌이들이 붙잡은 사람들."

기어들어 가는 소리의 대답을 들은 성안나는 고개를 절레절레 저었다.

"사람을 노예로 사고판다고? 그것도 신이 허락한 거야?"

"아, 아니야. 그래서 그냥 그곳을 떠났어."

"우리 엄마는 거기 어디에 있는데?"

"노예들의 도시를 장악한 건 푸른 수염이라는 놈이야. 그놈의 노예로 있는 걸 봤어."

"푸른 수염?"

"엄청나게 거대한 체격을 자랑해. 거기다 공격용 로봇들을 보유하고 있어서 다들 눈도 제대로 못 맞춰."

"그자에게 왜 엄마가 노예로 붙잡혀 있는 거지?"

"내가 네 엄마랑 같이 67호 탈출 캡슐을 탔었어. 잘 내려오다가 갑자기 고장이 나서 옆으로 한참 날아가다가 숲이 우거진 곳에 불시착했지. 절반만 살아남았는데 나랑 네 엄마도 크게 다치지 않고 살아남았어. 먹을 게 떨어지고 다른 일행도 찾을 겸 해서 떠돌다가 푸른 수염의 부하에게 잡혀서 노예들의 도시에 끌려갔지. 거기서 나는 운 좋게 탈출해서 방랑자들에게 가담했고 말이야."

침을 튀기면서 얘기하는 소리의 모습을 보면서 성안나는 아랫입술을 깨물었다. 그런 성안나를 대신해서 히라이 겐지가 물었다.

"노예들의 도시는 얼마나 떨어져 있지?"

소리는 손가락 하나를 펴면서 대답했다.

"여기서 걸어가면 한 달 정도 걸려."

소리의 대답을 들은 히라이 겐지가 돌아서서 성안나에게 속삭였다.

"거짓말을 하는 거 같지는 않아."

"저도 같은 생각이에요."

"어떻게 할래?"

히라의 겐지의 물음에 성안나는 아랫입술을 깨물었다. 아버지의 죽음 이후 어머니와는 내내 갈등만 일으켰다. 하지만 온누리호가 불시착할 때 어머니는 자신을 희생해서 성안나를 살렸다. 그런 어머니가 죽은 줄 알았는데 뜻밖에도 살아 있다는 소식을 들은 것이다. 잠깐 혼란이 찾아왔지만 생각은 곧 정리되었다. 낯선 행성에서 외톨이인 줄 알았는데 저 멀리 어머니가 살아 있다는 소식을 들은 것이다. 성안나가 히라이 겐지를 보면서 대답했다.

"망설일 이유가 없잖아."

"잘 생각했어. 도와줄게."

성안나는 히라이 겐지의 얘기를 듣고는 눈물이 핑 돌았다. 죽었다고 생각한 엄마의 존재를 알게 되면서 가슴이 벅차올랐다. 눈물을 글썽거리는 성안나는 히라이 겐지에게 말했다.

"넌 여기를 지켜 줘."

"같이 갈게."

히라의 겐지의 말에 성안나가 고개를 저었다.

"다리 달린 말벌이랑 교감할 수 있으니까 이곳을 지켜야지."

밝은 표정으로 얘기한 그녀에게 히라이 겐지가 알겠다고 대답했다. 성안나는 좀 떨어진 곳에 서 있는 강도준을 바라봤다.

"같이 갈 동행도 있을 거 같은데?"

그의 시선을 느낀 강도준이 어깨를 으쓱거렸다.

"안 그래도 정착지는 너무 심심했어."

며칠 후, 성안나와 강도준 그리고 남광혁은 정착지를 떠날 준비를 했다. 소리는 결박을 당한 채 문 앞에 서 있었다. 강도준이 총으로 소리의 머리를 겨누며 말했다.

"가서 안나의 엄마가 있으면 살려 주겠지만 그게 아니면 머리통을 박살 낼 거야."

"신에게 맹세코 진짜 있어요."

울상이 된 소리의 얘기를 듣던 성안나는 히라이 겐지에게 말했다.

"잘 있어."

"그래, 여기는 내가 잘 지킬게. 괴물과 교감하고도 나쁜 마음을 먹지 않는다는 걸 보여 주겠어. 그러니까 너도 잘 다녀와."

히라이 겐지와 작별 인사를 하고 이용득 선장과 심병규와 작별 인사를 나눴다. 방벽을 고치던 정착민들이 꼭 엄마를 데려오라고 외쳤다. 그들에게 손을 흔들어 준 성안나는 일행과 함께 문을 빠져나갔다. 길잡이 역할을 하는 소리가 앞장선 가운데 성안나는 북쪽을 바라보며 중얼거렸다.

"기다려요. 엄마. 제가 갈게요."

다음 권에서 계속

182

꿈꾸는섬 청소년문학 04

조종자

초판 1쇄 발행 2024년 12월 1일

지은이 정명섭
펴낸이 고대룡

편집인 차정민
디자인 손현주

펴낸곳 꿈꾸는섬
등록번호 제 410-2015-000149호
등록일자 2015년 07월 19일
전화 031-819-7896
팩스 031-624-7896
전자우편 ggumsum1@naver.com

ⓒ 정명섭, 2024

ISBN 979-11-92352-28-2 44810
ISBN 979-11-92352-02-2(세트)